仙道 체험기

김태영 著

107

글앤북

선도체험기 107권의 원고를 마감할 때인 2013년 12월 29일 전후는 장성택 처형 후의 숙청, 철도노조의 파업, 일본의 아베 총리의 야스쿠니 신사 참배 등으로 국내외가 어수선할 때였다.

그러나 내 관심사는 유우찬이라는 현존하는 한국의 미래학자와 중종 4년, 즉 1509년생인 격암 남사고라는 선도수행자의 예언에 집중되어 있었다.

근 500년의 시차를 둔 이들 두 사람의 주장에 절묘한 일치점을 발견했기 때문이다. 이들의 공통된 예언은 2030년에 지구는 대격변을 겪으면서 선천시대에서 무릉도원이나 천당과 같은 전연 새로운 평화 세계로 바뀐다는 것이다.

유우찬 미래학자는 지구가 6480년 주기로 선천과 후천시대가 교체하면서 지구는 엄청난 격변을 겪는다고 말했다. 이것은 또한 전세계의 미래학자들의 견해이기도 하다.

지금까지 우리 우주의 중심인 북극성을 중심으로 황도대黃道帶를 23.5도 기울어진 채 타원형으로 운항하던 지구가, 지금부터 17년 후인 2030년을 기점으로 똑바로 서게 된다는 것이다. 그 때문에 지구는 타원형에서 정구형으로 변형되어 지금까지의 1년 365일이 360일로 바뀌고, 봄, 여름, 가을, 겨울의 4계절 중에서 봄,

가을이 없어지고 여름과 겨울만 남게 된다는 것이다.

실제로 최근에 지구에는 봄과 가을이 점점 짧아지고 있고, 남북극의 빙산이 날이 갈수록 점점 빨리 녹아내리고, 지진, 화산폭발, 해일이 자주 일어나고 있다.

기울었던 지구가 똑바로 서면서 지진, 화산폭발, 해일, 쓰나미, 가뭄, 홍수, 토네이도, 남북극의 해빙 등으로 그야말로 천지개벽을 하게 되는데, 우리 인류는 이러한 지구의 재난기에 어떻게 하면 살아남을 수 있는가 하는 중대 문제를 놓고 유우찬 미래학자와 격암 남사고 선도수행자 사이에는 큰 견해차를 보이고 있다.

유우찬 미래학자는 재난을 피하는 방법으로 해안 지대, 원전原電 근처, 고층빌딩이 촘촘히 들어선 도시, 산 밑이 아닌 농촌지대로 피난할 것을 권하는 대신에 격암 남사고는 선도수련을 열심히 하는 사람은 누구나 살아남을 수 있다는, 보기에 따라 좀 엉뚱한, 예언을 했다.

선도체험기 107권은 이에 대한 필자의 견해를 피력하는 데 지면을 할애했다. 그리고 시사 문제와 함께 수련 분야도 서로 비등할 정도로 배려했음을 알려드린다.

끝으로 재야사학자 마윤일 씨가 쓴 '고려의 개경'과 '사천성, 청해성, 감숙성, 영화회족자치구 여행기'에 주목해 주기 바란다.

그는 일제가 한반도 강점기에 우리 겨레를 자기네 노예로 길들이기 위해서 날조해냈고, 지금도 한국 내의 각종 국사 교과서에서 그대로 이용되고 있는, 반도식민사관의 허구를 입증하기 위해서 자기 돈 들여가며 직접 발로 뛰고 있다.

서울 이메일 : ch5437830@kornet.net

단기 4346(2013)년 12월 29일

강남구 삼성동 우거에서 김 태 영 씀

차 례

공산당 전투조직 RO

2013년 9월 3일 화요일

우창석 씨가 말했다.

"선생님, 요즘은 매스컴 전체가 국정원이 고발한 이석기 의원의 내란 음모 혐의로 온통 정신이 없습니다. 제가 알기로는 이 사건은 80년대 중반에 군부 독재에 항거하는 수단으로 당시의 학생 운동권에서 채택한 주체사상을 믿는 주사파가 문제의 발단이 된 것 같습니다.

1990년 전후 소련을 위시한 동유럽 공산국가군의 몰락에 뒤이어 90년대 중반에 공산권의 경제 지원이 완전히 끊긴 북한을 덮친 기근으로 3백만의 북한 주민들이 굶어 죽었고, 뒤이어 황장엽 전 북한 노동당 비서가 한국에 망명한 뒤 김영환, 하태경, 이광백 같은 종북파 간부들이 전향하면서 주사파는 크게 위축된 것으로 알고 있었습니다.

그런데 아직도 이석기 같은 핵심 분자가 국회의원까지 되어 버젓이 활동하고 있다는 것이 잘 이해가 되지 않습니다. 공산주의는 이미 지구촌에서는 용도 폐기 처분되어 쓰레기통에 들어간 이념이 아닌가요?"

"그렇긴 합니다. 하지만 너무 어렵게 생각할 필요는 없습니다.

사람이 사는 사회에는 항상 그런 사이비종교 광신도 비슷한 비이성적인 극단주의자들이 어떤 형태로든 생존할 수 있게 마련입니다.

더구나 1998년부터 2008년까지 김대중, 노무현 정부 시절에는 체포되었던 북한이 남파한 간첩들이 대량으로 석방되고 민주화투사로 둔갑하여 정부 지원금을 받아가면서 간첩활동을 맘 놓고하던 시절이었으니까요. 이석기는 노무현 정부 때 이미 반국가단체 구성원으로 실형을 선고받고 복역하다가 가석방 중에 두 번이나 방북도 하고 사면 복권도 되어 국회의원까지 된 사람입니다."

"이석기 의원에 대한 체포동의안은 국회에서 민주당이 가결에 동의할까요?"

"성난 국민들을 의식하고 살아남기 위해서라도 동의하지 않을 수 없을 겁니다. 민주당은 과거 10년 집권 시절에 종북파 양산에 크게 기여한 자신들의 잘못을 뼈저리게 뉘우치고 다시는 같은 실수를 저지르는 미련한 짓은 하지 말아야 할 것입니다."

"하긴 유권자들의 눈이 뚫어지게 지켜보고 있다는 것을 알면 그런 짓을 할 엄두도 내지 말아야 할 것입니다."

"김일성은 죽기 전에 한국 내에 월남의 베트콩 같은 지하 조직을 갖지 못한 것을 천추의 한으로 생각하고 그와 비슷한 종북 혁명 조직인 RO(Revolutionary Organization)를 만드는 데 막대한 자금 지원을 포함하여 전심전력을 기울여온 것으로 널리 알려져 있습니다."

"그렇다면 과거 10년 동안의 민주당 정권은 바로 그 북한식 베트콩 조직을 남한 안에 부식시키는 데 크게 기여한 것이 되는군요."

"그럼요. 그것이 비록 민주당의 본의는 아닐지 몰라도 결과적으로는 그렇게 되었습니다. 따라서 민주당은 종북 세력의 숙주 노릇을 톡톡히 한 책임을 통감해야 할 것입니다. 월남전에서 베트콩은 월맹이 승리하는 데 결정적인 기여를 했습니다."

"그러나 베트남에서는 월맹에 의해 공산 통일이 달성된 후 베트콩은 그들의 공로를 보상받기는커녕 모조리 다 무자비하게 숙청당했고, 용하게 목숨을 건진 자들은 예외 없이 보트 피플(boat people) 즉 선상난민船上難民이 되어 처참하게 죽어가지 않았습니까?"

"물론입니다."

베트콩, 남로당, 종북파

"그렇다면 한국의 종북파들도 남북이 공산 통일이 된다 해도 결국은 다 그렇게 희생될 것이 아닙니까?"

"그것은 한밤중에 불을 보듯 뻔한 일입니다."

"도대체 왜 그래야 하죠?"

"그것이 공산주의들의 생리이기 때문입니다. 아무리 충성스러운 공산주의 투사라고 해도 한번 자유세계의 맛을 본 자는 공산주의 세계에서도 언제 어떻게 변절할지 모른다는 겁니다. 그래서 육이오 때 월북한 박헌영의 남로당원들은 휴전이 되자 김일성에 의해 미제국주의자의 스파이라는 누명을 씌워 깡그리 숙청을 당하지 않았습니까?"

"그런데도 불구하고 한국의 종북파들은 북한이 3백만 이상의 주민들을 굶겨 죽인 후에도 지난 20년 동안에 내내 주민들이 굶어죽지 않으려고 탈북하게 만들었고, 청소년의 키가 한국보다 무려 19cm나 낮아지게 했을 뿐 아니라 북한을 세계에서 가장 가난한 나라로 만들고도 모자라 3대나 지속된 세습왕조를 운영하고, 지금도 아우슈비츠와 같은 정치범 수용소를 만들어 60만에 달하는 재소자들을 강제 노동시키면서도 수틀리면 제멋대로 학살하는 인권 사각지대를 만든 잔인하고 가혹하기 짝이 없는 북한 지도부의 지령을 따르고 그들의 수족이 되어 북한에 충성을 바치는 이유는 도대체 무엇일까요?

더구나 이석기는 '진실과 정의는 승리한다'고 입버릇처럼 말하는데 이러한 북한의 실상이 과연 정의에 합치될까요?

더구나 서울대 법대를 나온 수재요 변호사이기도 한 이정희 통합진보당 대표 같은 엘리트가 어떻게 그런 종북파가 될 수 있는지 도저히 이해를 할 수 없습니다."

"그래서 그들을 보고 비이성적인 사이비종교 광신도를 닮았다고들 말하는 겁니다. 하루살이가 불빛만을 사모하여 무작정 유아등誘蛾燈에 달려들어 부딪치거나 타 죽어가는 것과 흡사합니다.

일본의 옴진리교라는 사이비종교 교주는 중학교밖에 못 나왔는데도 그 종교의 맹종자들 중에는 일류대학 출신은 말할 것도 없고 일류대 교수도 끼어 있습니다. 그들 맹종자들은 교주가 목욕한 물을 성수聖水라고 하여 앞 다투어 마시는 희비극을 연출하기도 했습니다. 그러니까 신앙과 지성은 차원이 다른 세계입니다."

"그렇군요. 선생님, 이번 이석기 사건이 북한에는 어떤 영향을 끼칠 수 있을까요?"

"만약에 이번 기회에 한국에서 종북 조직이 완전히 뿌리째 뽑혀버린다면 북한에는 엄청난 타격이 될 수밖에 없을 것입니다.

6.25 때 김일성은 남침 개시와 함께 남로당 지하조직들이 일제히 총궐기하여 남한 정부를 뒤집어엎어 버림으로써 인민군을 돕

게 될 것이라는 박헌영의 말을 믿고 전면 남침을 감행했습니다. 그러나 인민군이 서울을 점령하고도 남로당의 봉기를 3일이나 기다렸는데도 아무런 징후도 보이지 않자 크게 실망을 했습니다.

그 후 베트남 전쟁에서는 월맹이 조종하는 지하조직인 베트콩이 적화 통일에 크게 기여한 것을 보고, 북한은 남한 안에 베트콩 같은 종북 조직을 심는 데 휴전 후 지금까지 60년 동안 일구월심 지극정성을 기울여 왔건만 미처 결실도 보지 못하고 이번에 어쩌면 뿌리째 뽑히게 되었으니 그 타격이 오죽하겠습니까?

더구나 3차 핵실험 후부터는 전통적 혈맹이라는 중국까지도 포함하여, 지구촌 전체가 북한을 압박하고 제재하는 데 가담하는 판에, 설상가상으로 이런 사건까지 터졌으니 그 타격은 오죽하겠습니까?

그러나 그렇다고 해서 우리가 너무 자만을 해서는 안 될 것입니다. 북한이 다시는 지하조직을 만들 엄두를 내지 못하게 만들어야 합니다.

그뿐 아니라 북한을 정상국가로 만드는 것도 중요하지만, 그보다 먼저 대한민국 안에서 종북 조직이 아예 완전히 뿌리 뽑힐 때까지 잠시도 한눈 팔지 말고 정부와 온 국민이 총력을 기울여야 할 것입니다.

그렇게 하는 것이야말로 육이오 때 우리가 자발적으로 단합하여 공산 침략으로부터 시장경제와 자유민주주의를 지켜낸 전통을 되살림으로써 전화위복轉禍爲福의 계기를 마련하게 될 것입니다."

"앞으로 우리의 소중한 자유민주주의 체제를 이 땅에 계속 구현하는 가장 효과적인 방법은 무엇이라고 할 수 있겠습니까?"

"헌법 질서를 파괴하고 애국가를 부르는 대신 이미 지구촌에서는 용도 폐기당한 지 오래된 공산당의 군가軍歌인 적기가赤旗歌 따위나 부르는 종북 조직은 더 이상 대한민국 영토 안에서는 발붙이지 못하게 만들어야 합니다.

미국, 영국, 프랑스, 독일, 일본 등 어떤 선진국가도 반국가단체를 그 영토 안에 용납하지 않고 있습니다. 더구나 대한민국을 적화하려는 북한의 노선을 따르고 그들의 지령대로 움직이는 종북주의자從北主義者가 국회의원이 된다는 것도 도저히 용납될 수 없는 일입니다.

그런데도 불구하고 김대중, 노무현 정부 하에서는 이런 일이 공공연히 용납되었고 이명박 정부는 광우병 촛불 시위에 겁먹고 그들 종북 세력에게 손을 댈 엄두도 못 냈습니다.

그러니까 1998년부터 20012년까지 15년 동안은 사실상 대한민국은 종북 세력의 온상이요 천국이었습니다. 이제 그런 시대는 확실히 끝낼 때가 되었습니다."

국회부터 변해야

"그렇게 되려면 국회부터 변해야 되는 것 아닙니까?"

"물론입니다. 제일 야당인 민주당은 이 기회에 정말 정신 번쩍 차려야 합니다. 우선 민주당의 비협조로 대부분의 선진국에서는 다 통과된 북한인권지원법부터 통과시켜야 합니다. 세계에서 제일 먼저 통과되었어야 할 인권지원법이 우리나라에서는 지금껏 민주당의 반대로 통과되지 못하고 있습니다."

"북한인권법은 각국이 정부 예산으로 북한의 열악한 인권 사태를 개선시키자는 것인데 민주당은 무엇 때문에 솔선수범은 못할망정 국회통과를 저지시켜 왔습니까?"

"그것은 순전히 야권 연대의 일원인 통합진보당을 위시한 종북 세력의 반발을 무서워해서였습니다. 그러나 이제 종북 세력의 국가 전복 음모가 백일하에 폭로된 이상 민주당이 계속 그들의 비위를 맞추려 하다가는 유권자들로부터 백안시당하여 정치판에서 살아남기 어렵게 될 것입니다.

민주당이 종북파의 협조 요청을 거절하고 이석기 체포동의안 가결에 합류한다면 북한인권법은 말할 것도 없고 국방 예산 증가에도 동의하지 않을 수 없게 될 것입니다. 우리나라의 국방 예산은 세계에서 가장 호전적인 북한과 마주하고 있으면서도 세계에서 제일 낮은 2.8%밖에 안 됩니다.

이것은 미국과 중국의 7%, 일본의 6%, 이스라엘의 8%에도 훨씬 못 미치고, 북한의 60%에 비해 2.8%로서 북한의 24분의 1밖에 안 됩니다. 국방 예산 증가가 안 되는 것도 역시 종북 세력의 눈치를 보는 민주당의 비협조 때문이었습니다. 그리고 이미 대법원에서 이적단체로 판결을 받은 종북파 단체들이 필요한 절차법이 없어서 해산시키지 못하는 부조리도 즉각 해소되어야 합니다."

"그럼, 정부와 여당에서는 그동안 절차법도 안 만들고 무엇을 해 왔습니까?"

"그것 역시 종북파 눈치 보는 민주당의 무성의 때문이었습니다."

"우리나라 역사에서 이석기 반란음모 사건 같은 일이 전에도 있었습니까?"

"이번 사건은 음모 단계에서 발각되었지만 1948년에 순천에서 국군 14연대가 일으킨 여순 반란 사건과 유사한 점이 있습니다. 국군은 이 사건을 계기로 국군 조직 내의 공산당 조직을 뿌리채 뽑아버림으로써 북한의 육이오 전면 남침을 당해서도 군부대는 일치단결하여 공산 침략군을 물리칠 수 있었습니다.

그때는 공산당 조직이 국군 내에 침투했지만 이번 사건에서는 국회 안에 공산당 조직이 침투하여 교두보를 확보했습니다. 앞으로 국회가 국군이 숙군 작업을 성공시켰듯이 과연 북한 공산당을 따르는 종북 조직을 어떻게 뿌리뽑아 나가는지 국민들은 지켜볼 것입니다."

"그런데도 불구하고 국회는 9월 4일 이석기 의원 체포동의안 표결에서 무기명 투표로 찬성 258, 반대 14, 기권 11, 무효 6표를 기록함으로써 누가 반대를 했고, 누가 기권을 했고, 누가 무효표를 던졌는지 도통 모르게 만들어 놓았습니다. 이건 큰 문제가 아닙니까?"

"동감입니다. 반대 14, 기권 11, 무효 6, 도합 31표 중에서 통합진보당 6표를 빼면 25표가 헌정 질서를 무시하고 반국가 단체를 만들어 이적행위를 해도 무관하다는 태도를 보였습니다. 헌법을 수호하기로 선서하고 국회의원이 된 사람들이 헌법을 유린한 국가반란 행위를 찬성한 것은 국가 안보에는 위험 신호가 아닐 수 없습니다."

"국가 안보가 위기에 처한 때는 헌법을 수호해야 할 국회의원이 솔선수범하여 정정당당하게 기명 투표를 해야 되는 거 아닙니까?"

"당연한 일입니다. 그런데도 불구하고 무기명 투표를 하게 한 것은 종북 세력이 국회 안에서 암약할 수 있는 온상을 제공해주는 것이 됩니다."

"그래도 이번 이석기 사건은 여순 반란 사건과는 달리 사전에 발각된 것은 보이지 않는 곳에서 불철주야 애써온 국정원 요원들의 헌신적인 노력도 있었지만 나라를 위해서는 천만다행한 일이 아닐 수 없습니다. 대대로 우리나라를 지켜온 조상의 혼백들과 천지신명들의 가호라고 생각됩니다."

"옳은 말씀입니다. 무엇보다도 국운이 우리나라를 강대한 나라로 만들어 홍익만물弘益萬物할 수 있게 하려는 것이 틀림없습니다."

"홍익인간弘益人間이 아니고 홍익만물弘益萬物입니까?"

"그렇습니다. 홍익인간弘益人間은 서구의 인본주의人本主義와 같이 인간만을 위해서 자연을 정복한 결과 오늘날과 같은 생태계 파괴를 초래했으므로 인간을 널리 유익하게 하는 홍익인간을 초월하는 만물을 널리 유익하게 하는 홍익만물弘益萬物을 택했습니다."

바르게 사는 것

제주도에서 올라온 50대의 남자 수련생인 이지하 씨가 삼공재에서 참선을 하다가 말했다.

"선생님 질문 좀 해도 되겠습니까?"

"좋습니다. 어서 말씀하십시오."

"요즘 저희 집안에 우환이 그치지 않고 계속 줄을 잇고 있습니다. 지난달에는 아버님이 대장암 수술을 받으시고 뒤이어 어머님도 간암으로 또 수술을 받고 두 분 다 입원 중이십니다. 그런데 이번 달에는 제 동생이 차 사고를 당해서 입원했고, 그리고 며칠 뒤에는 제 누님이 폭우 때의 붕괴사고로 골절상을 입고 입원 중입니다.

도대체 왜 이렇게 집안에 한꺼번에 우환이 밀어닥치는지 이해를 할 수 없습니다. 선생님께서는 연유를 아실 것이라고 생각됩니다. 어떻게 하면 한꺼번에 몰아 닥친 이 우환을 물리칠 수 있을까요?"

이 질문을 받고 나는 잠시 정신을 가다듬고 생각했다. 그는 착실한 선도수행자요 선도체험기를 105권까지 다 읽고 대주천 수련을 하고 있다. 그럼에도 불구하고 한꺼번에 몰아 닥친 집안의 우환에 미처 제 정신을 못 차리고 당황하여 나를 점장이나 무속인으로 착각하는 것이 아닌가 하는 생각이 들었다. 무속인이라면 이럴 때 의례 조상신이 크게 성이 났으니 굿을 해야 한다고 했을 것이다.

그러니 구도자답지 못하다고 그에게 면박을 줄 수는 없는 일이었다. 당황망조唐慌罔措하면 누구나 그럴 수도 있으니까. 이럴 때는 진실 그대로를 일깨워 줄 수밖에 없다는 생각이 들었다.

"이 세상에서 일어나는 어떠한 일도 인과응보의 이치에서 단 한치도 벗어나는 일은 없습니다. 이생에서 그 원인을 찾을 수 없으면 전생에서 그 원인을 찾아야 합니다."

내가 이렇게 말하자 이지하 씨가 물었다.

"그럼, 선생님, 저희 집의 경우처럼 한꺼번에 수술환자가 발생하는 원인은 도대체 무엇일까요?"

"지난 23년 동안 삼공재에 찾아오는 수련자들의 전생을 보아온 내 경험에 따르면 금생에 중병으로 수술을 받거나 부상을 당하는 원인은 전생에 남에게 심한 신체적 고통을 주어 불구자를 만들었거나 사망하게 한 것입니다. 이 우주 안에서 원인 없는 결과는 있을 수 없으니까요.

남의 몸에 심한 상해를 입히거나 목숨을 잃게 하는 직업은 항상 무기를 다루는 권력 기관원이나 군인인 수가 많습니다. 범죄 용의자를 심문할 때 바른 마음에서 조금이라도 벗어나 사욕이 끼게 되면 죄업을 짓게 됩니다."

"결국은 공무 집행 시에 조금이라도 바른 마음을 잃고 사욕이 끼면 그게 모두 죄업이 되는군요."

"그렇습니다."

"그럼 빙의령이나 접신령의 작용은 어떻게 됩니까?"

"그것 역시 인과응보因果應報요 자업자득自業自得의 범주에서 벗어날 수 없습니다. 무슨 뜻이냐 하면 지금과 같은 우환이 닥칠 때 찾아오는 중음신은 억울하게 희생된 피해자에게서 파생된 것입니다."

"그럼 그 인과응보의 고리에서 벗어날 수 있는 길은 무엇입니까?"

"구도자의 길을 묵묵히 걸어가는 수밖에 없습니다."

"그 구도자의 길이 무엇인데요?"

"무슨 일을 당하든지 만사에 바르게 처신하는 겁니다. 석가모니가 팔정도八正道를 설파한 것도 바로 이 때문입니다. 우리가 어떤 직업에 종사하든지 특히 사람의 신병身柄을 다루는 권력기관원이나 군인을 직업으로 가진 사람들은 남의 몸을 자기 몸 다루듯 하면 죄업에서 능히 벗어날 수 있을 것입니다."

"관리와 군인은 남의 몸을 자기 몸 다루듯 하는 것이 바르게 사는 방법이군요."

"그렇습니다. 권력기관 종사자와 군인을 예로 들었지만 그 밖에도 무술인, 깡패, 조직폭력배들도 특히 조심해야 합니다. 무술인은 비록 남에게서 억울한 매를 맞을지언정 함부로 자신의 무술 기량을 발휘하면 죄업에 빠질 수 있으니 특별히 조심해야 합니다."

"그런데, 선생님, 저희 가족들은 주위에서 늘 법 없이도 살 수 있는 착해 빠지기만 한 사람들이라는 평을 늘 받고 있거든요."

"그건 이생에 그렇다는 얘기지 전생에도 그랬다는 말은 아니지 않습니까? 이미 전생에 죄업을 깨닫고 개과천선하여 마음과 행실이 착해졌다고 해도 이미 그 전에 지은 죄는 인과응보의 법칙에 따라 당연히 속죄를 받아야 합니다.

빚을 많이 졌던 사람이 과거를 뉘우치고 검소한 사람이 되어 아무리 새로운 인생을 살기로 작정했다고 해도 그가 과거에 남에게서 꾼 돈은 갚아야 하는 것과 같습니다. 지금 겪고 있는 어려움은 그러한 속죄 과정임을 알아야 합니다.

우리의 생은 이생으로 끝나는 것이 아니고 처음도 끝도 없습니다. 존재의 실상인 자성을 깨달아 시공을 초월한 영원무궁한 세계에 들어가자는 것이 구도자의 목표입니다. 이른바 우아일체宇我一體, 생사일여生死一如의 경지를 말합니다. 모든 죄업을 청산하는 일이야말로 그곳에 이르는 첫 번째 관문입니다."

"결국 우리가 일상생활에서 겪는 간난신고艱難辛苦가 모조리 다 인과응보라고 보면 틀림없겠군요."

"그렇습니다. 그것을 생활화한다면 그야말로 큰 깨달음을 얻은 사람이라고 말할 수 있습니다. 그 깨달음을 얻은 후에는 우리가 일상에서 마주치는 온갖 의문은 이미 해결된다고 보아도 됩니다."

"그럼 바르게 산다는 것은 무엇을 말합니까?"

"바르게 산다는 것은 곧 착하고 지혜롭게 사는 것을 마합니다."

"왜 그래야만 합니까?"

"그것이 우주의식의 뜻이고 진리이니까요."

"우주의식이 무엇입니까?"

"우주의식이 바로 하느님 또는 하나님입니다."

"선생님, 고맙습니다. 이제 모든 의문이 풀렸습니다."

하루에 2리터의 물을 마셔야 하나

우창석 씨가 말했다.

"선생님, 성인은 누구나 하루에 평균 소변과 땀으로 2리터의 수분을 배출하므로 그것을 보충하기 위해서 2리터의 물을 꼭 마셔야 한다고 영양학자들은 말하는데 그 말이 맞습니까?"

"영양학자들은 물론이고 보통 사람들도 그렇게 말하는데 나는 누구나 꼭 그래야만 한다고는 보지 않습니다."

"왜요?"

"사람은 누구나 똑같지 않기 때문입니다. 나는 21일 동안 단식을 해 본 경험이 있는데 그 21일 중에서 열흘 동안은 거의 물을 마시지 않았는데도 여느 때와 같이 소변도 보고 땀도 흘렸습니다. 그래도 건강에는 아무 이상이 없었습니다.

나만 그랬는가 하면 그렇지 않았습니다. 나보다도 더 오래 단식을 한 사람들도 물을 한 모금도 안 마시고도 소변도 보고 땀도 흘렸는데도 아무런 이상이 없었습니다."

"그건 어떻게 된 것입니까? 정말 식음食飮을 전폐하고도 배설을 정상적으로 할 수 있습니까? 보통 사람들은 그렇지 않지 않습니까?"

27

"물론입니다."

"그럼 어떻게 그럴 수 있습니까?"

"물을 하루에 2리터씩 마시지 않으면 안 되고 일주일만 굶어도 사람은 누구나 사망하게 되어 있다는 영양학자들의 고정관념에서만 벗어나면 누구나 그렇게 될 가능성이 있다고 봅니다."

"그것을 입증할 수 있습니까?"

"물론입니다. 내가 직접 체험을 해 보았기 때문에 자신 있게 말할 수 있습니다. 내가 1991년에 21일 단식을 할 때였습니다. 단식 중 후반 10일 이상은 음식은 물론 물도 일체 마시지 않았습니다. 그랬는데도 소변은 여느 때처럼 다섯 시간에 한번씩 보고 땀도 흘렸는데도 물은 마시고 싶지 않았습니다. "

"상식적으로는 도저히 이해를 할 수 없는데요."

"그러나 엄연한 사실입니다. 사람은 음식 외에 무엇을 먹거나 마시고 사는지 아십니까?"

"음식 외에는 공기 밖에 더 있습니까?"

"바로 그겁니다. 우리가 일상 마시는 공기 중에는 수분은 물론이고 우리 인체가 필요로 하는 온갖 영양소가 다 들어 있습니다. 그래서 물과 음식은 보통 사람들도 며칠씩 굶어도 살 수 있지만 공기는 잠시라도 마시지 못하면 숨이 막혀 질식사하게 되어 있습니다.

이것은 무엇을 의미하는 것일까요? 우리가 물과 음식에서 섭취하지 못하는 것을 공기 속에서 흡수한다는 것을 말해줍니다. 그

뿐 아니라 사실은 공기는 음식보다 사람에게는 더 절실히 필요하다는 것을 말해줍니다."

"거기까지는 이해할 것 같습니다. 그러나 어떤 사람은 일주일만 굶어도 사망하는데 어떤 사람은 100일 이상씩 단식을 해도 살수 있는 것은 어떻게 설명할 수 있습니까?"

"일주일 동안 굶으면 죽는다는 고정관념에 사로잡혀 있는 사람은 일주일만 굶어도 죽게 되어 있습니다. 그러나 인간의 잠재력은 무한하다고 믿고 평소에 호흡 수련을 하는 사람은 100일 또는 그 이상 굶어도 살아남을 수 있습니다. 왜냐하면 음식을 먹지 않아도 공기 중에 용해되어 있는 각종 영양소를 흡수할 수 있기 때문입니다."

"그럼 물을 하루에 2리터씩 마시지 않아도 되겠군요."

"물론입니다. 때가 되어 배가 고프면 음식을 들듯이 물 역시 마시고 싶을 때 적당히 마시면 될 뿐입니다. 먹고 싶지 않은 음식을 누가 권한다고 해서 억지로 들면 체하는 수가 있듯이 물도 마시고 싶지도 않은데 영양학자가 마시라고 했다고 해서 강제로 마시면 건강에 좋을 리가 없습니다."

"결국은 음식도 물로 자연의 욕구대로 들면 되겠군요."

"정확합니다."

화나고 짜증날 때

우창석 씨가 물었다.

"선생님, 일전에 우연히 텔레비전을 보니, 누구나 상대가 나를 괴롭히거나 화나고 짜증이 날 때는 '그럴 수도 있지'하고 참는다고 한 출연자가 말했습니다. 그렇게 하면 과연 효과가 있을까요?"

"효과가 있고 말고요. 그런 때 '그럴 수도 있지' 하고 참아내지 못하고 상대에게 마주 벌컥 화를 내거나 짜증을 내는 것보다는 백번 더 낫지 않겠습니까? 그 정도로 자기 자신을 통제할 수 있는 사람이라면 대단한 수양가라고 할 수 있습니다.

참을 인(忍)자 셋이면 살인도 면한다는 말이 있지 않지 않습니까? 또 어떤 외국 스님이 말한 대로 화나고 짜증날 때 천천히 걸으면서 하나에서 백까지 숫자를 세어보아도 확실히 효험은 있습니다."

"어떤 스님은 증오심과 적개심, 원한, 질투심이 치솟거나 화나고 짜증이 날 때 얼른 합장을 하라고 합니다. 두 손 모아 합장을 하면 가운데 손가락과 무명지를 흐르는 심포 삼초 혈이 합쳐지고 운기가 활발해지면서 격해진 감정을 진정시킵니다.

　그래서 부부싸움이 한창 불붙어 오를 때도 합장만 할 수 있다면 처음부터 싸움이 될 수가 없습니다. 그런데 막상 남이 보는 앞에서 스님들이나 하는 합장을 하는 것은 아무래도 쑥스럽기 짝이 없습니다. 남의 눈에 뜨이지 않고도 화와 짜증을 가장 효과적으로 다스릴 수 있는 방법은 없을까요?"

　"왜 없겠습니까? 있습니다."

　"그걸 좀 가르쳐 주시겠습니까?"

　"그러죠. 화와 짜증이 나는 순간 용수철처럼 튀어 일어나 달리기를 하거나 재빨리 걷기를 시작하면 곧 마음을 진정시킬 수 있습니다. 여건상 이것이 불가능할 때는 속에서 화가 치밀려고 할 때 그것을 미리 알아차리고 노려보면 화를 제압할 수 있습니다. 그렇게 하면 남의 눈에 띄지 않고도 능히 자기 관리를 확실히 할 수 있습니다.

　어디 화뿐이겠습니까? 짜증이 치밀 때도 폭발하기 전에 미리 알아차리면 능히 진정시킬 수 있습니다. 증오심, 적개심, 참을 수 없는 원한, 질투심 같은 것도 같은 요령으로 얼마든지 사전에 제압할 수 있습니다.

　이처럼 자기 자신을 철저히 자기 관리 하에 둘 수 있는 사람은 어떠한 외부의 적수를 만나도 당황하지 않고 유효 적절하게 대처할 수 있게 될 것입니다. 내부에 침투한 간첩 한 사람은 외부에 대치하고 있는 적 1개 사단 이상의 위력을 발휘할 수 있기 때문입니다.

자기 자신을 스스로 관리할 수 있는 사람은 자기 부대 내부에 침투한 간첩을 잡아내어 적의 정보까지도 캐어냄으로써 외부의 적까지도 제압할 수 있는 지휘관과 같습니다."

노인 우울증

우창석 씨가 말했다.

"선생님, 요즘 우리나라에서는 생활수준이 향상되면서 선진국에서처럼 우울증 환자와 함께 자살을 택하는 노인들이 늘어나고 있습니다. 문제는 노인 우울증인데 이것을 효과적으로 해소할 수 있는 무슨 묘책은 없을까요?"

"우울증이라는 질병의 원인을 알아낼 수 있으면 대책도 자연히 떠오르지 않겠습니까?"

"얼른 떠오르는 원인은 자녀들에게 버림받은 노인들의 무능과 거기에 따르는 실망과 빈곤과 외로움, 고질적인 지병持病이 있습니다.

그 다음으로는 누구나 겪는 일이지만 나이가 70대에 접어들면 급격이 다가오는 노화 현상에서 오는 무력감이라고 생각됩니다.

제가 선생님께 말씀 드리고자 하는 것은 빈부의 차이 없이 노년에 누구에게나 찾아오는 우울증입니다. 제가 생각하기에는 바로 이 우울증만 다스릴 수 있다면 누구나 홀가분하고 편안한 만년을 맞을 수 있지 않을까 생각됩니다.

요즘 저의 가문에는 70대 이상의 노인들이 부쩍 늘어나면서 노인 우울증 문제가 남의 일이 아니고 바로 발등에 떨어진 불이 되어버렸습니다."

"우창석 씨가 무엇을 알고싶어 하는지 간파했습니다. 그 말을 들으니 여러 해 전에 텔레비전에서 본 장면이 떠오릅니다. 박치기로 유명한 한국의 대표적인 김일 레슬링 선수인데 그가 수많은 어려움을 극복한 끝에 파란만장한 선수 생활을 마감하고 시골 고향에서 여생을 보내고 있을 때였습니다.

아직도 그를 기억하고 있는 많은 팬들이 있으므로 스포츠 기자들이 취재차 가끔씩 그를 방문할 때마다 그가 빼놓지 않고 늘 되풀이하는 말이 있었습니다.

'인생은 바로 생로병사生老病死라구! 이 얼마나 기막힌 명언인가!' 하고 마치 생로병사란 네 글자 속에는 이 세상의 모든 이치가 다 숨어있는 것처럼 기자를 만날 때마다 스스로 감탄하곤 했습니다.

공자가 '아침에 도를 깨달으면 저녁에 죽어도 여한이 없겠다'는 뜻의 조문도석사가의朝聞道夕死可矣를 외쳤듯이, '생로병사生老病死'라는 사자성어 속에서 그만이 알 수 있는 진리를 터득한 듯했습니다.

그때 나는 그가 '생로병사'라는 사자성어에 감탄할 때마다 나도 모르게 '생로병사'하고 속으로 되뇌곤 했습니다. 내가 이 자리에서 굳이 이 말을 하는 것은 그 은퇴한 레슬링 선수가 이 말에서 자기도 모르는 사이에 무슨 특이한 감동을 받은 게 아닌가 하는 생각이 들었기 때문입니다."

"무슨 감동을 받았을까요?"

"적어도 그는 생로병사 속에서 노인 우울증을 해소할 수 있는 결정적인 핵심을 포착한 것이 아닌가 하는 생각이 듭니다."

"선생님, 그 점을 좀 자세히 말씀해 주시겠습니까?"

"그러죠. 우울증이란 자기가 처한 상황과 조건에 대한 불평과 불만을 스스로 해소하지 못하고 속으로 자꾸만 쌓아가다 보면, 그것이 응어리가 되어 자기도 모르게 질병이 된 것입니다.

그런데 그 은퇴선수는 그 긴장과 영욕이 점철된 선수 생활에서 숱하게 당한 부상으로 인한 남모르는 골병과 함께 닥쳐오는 노화를 감내하면서 그 역시 한때 우울증에 시달리지 않았을까 하는 생각이 듭니다.

그러다가 누구의 입에선가 흘러나온 생로병사라는 사자성어에서 특이한 느낌을 받았을 것입니다. 이 세상에서 삶을 얻은 사람은 동서고금을 막론하고 누구든지 태어나고, 늙고, 병들어, 죽지 않는 사람이 없다는 말에 귀가 번쩍 틔었을 것입니다. 그렇지 않았다면 그가 이 사자성어를 그렇게 자주 입버릇처럼 되뇌지는 않았을 것이니까요."

"그렇다면, 선생님, 생로병사하고 노인 우울증하고는 무슨 관계가 있습니까?"

"있고 말고요. 우울증 환자의 특징이 무엇인지 아십니까?"

"불만과 불평이 유달리 많다고 생각합니다."

"정확합니다. 불평과 불만이 많은 사람은 예외 없이 시야와 생각의 폭이 좁습니다. 남들은 다 행복한데 나만은 유달리 불행하다는 생각을 하니까 쉽사리 우울증에 빠지게 됩니다.

그런데 사람은 누구를 막론하고 늙으면 병들어 죽는다는 것을 알아버리면 죽는 문제에 관한 한 불평할 일도 불만을 품을 이유도 없어지고 따라서 우울증에 걸리는 일도 없어지게 될 것입니다.

다시 말해서 자기 혼자만 늙어서 병들어 죽는 것이 아니고, 누구든지 이 땅에서 생을 얻은 사람은 누구나 다, 비록 제왕이나 절세의 영웅이나 석가나 공자, 예수 같은 성인도 모조리 다 때가 되면 죽을 수밖에 없다면, 이 세상에서 그것처럼 공평무사한 일은 또 없을 것입니다. 우리는 가난은 참을 수 있어도 사촌이 논 살 때의 배아픔은 견디지 못합니다.

그러나 누구나 다 죽음을 피할 수 없다면 죽음에 대하여 불평을 하거나 불만을 터뜨릴 대상도 이유도 없어지게 될 것입니다. 따라서 누구든지 늙어서 병들어 죽는 것을 불평불만 없이 받아들이지 않을 수 없게 될 것입니다.

실체가 사라지면 그것을 항상 따르던 그림자도 사라지게 되는 바와 같이, 불평불만이 없어지면 우울증도 자연히 사라지게 되어 있습니다.

그 은퇴한 레슬링 선수는 그런 일이 있은 지 몇 해 후에 조용히 죽음을 맞이하였습니다. 그는 틀림없이 늙어서 죽는 일을 마치 오래간만에 그리운 고향을 찾아가듯 했을 것입니다."

"선생님의 그 말씀을 들으니까 제가 평소에 품고 있던 죽음에 대한 공포도 어느덧 사라져버린 느낌입니다. 그건 그렇고요. 생사일여生死一如라는 말도 있지 않습니까?"

"있죠."

생사일여生死一如

"생로병사와 생사일여는 어떻게 다릅니까?"

"생로병사의 이치를 알고도 수행이 한참 더 진행되어야 생사일여의 경지에 들어가게 됩니다. 우선 삶과 죽음이 같다는 것을 알고 싶으면 자성自性을 깨달아야 합니다."

"자성이 무엇입니까?"

"우주의식宇宙意識입니다."

"우주의식은 무엇입니까?"

"조금 전에도 말하지 않았습니까? 알아듣기 쉽게 말해서 하나님 또는 하느님입니다."

"그럼 하나님은 무엇입니까?"

"하나이면서 전체이고, 전체이면서 하나이며, 가장 작으면서도 가장 큰 존재이고 그것이 바로 자기 자신임을 무의식으로 깨달아야 삶과 죽음이 하나임을 알게 됩니다. 눈에 보이지 않는 먼지 한 알갱이 속에 우주 삼라만상이 다 들어있고, 이 무한대의 우주도 바로 그 먼지 한 알갱이 속에 농축되어 있다는 것을 깨달아야 비로소 생사일여의 진정한 의미를 터득할 수 있습니다.

따라서 우리 눈에 보이는 삼라만상이 한낱 꿈이요, 환상이요, 물거품이요, 그림자요, 이슬이요, 번갯불과 같이 아무 실체도 없는 부질없는 것임을 깨달았을 때 생사일여의 진리를 꿰뚫어볼 수 있는 경지에 도달하게 됩니다."

"어떻게 해야 그러한 경지에 오를 수 있습니까?"

"오직 지극정성으로 관하면 누구나 그렇게 될 수 있습니다. 요리하는 사람의 정성이 들어가야 음식이 맛이 있다고 하지 않습니까? 그 정성이야말로 하늘 기운을 운반하는 매체입니다. 참전계경參佺戒經에 나오는 지성至誠이면 감천感天이란 말도 여기에서 나왔습니다."

"그렇다면 그 깨달음의 경지는 과학적인 연구에 의한 논리와 이성으로는 접근이 불가능합니까?"

"학문이나 과학을 뛰어넘은 성찰과 직감과 깨달음으로만 접근이 가능한 구도의 경지입니다. 생사일여生死一如 즉 삶과 죽음이 같다는 것을 체감體感한 사람은 자기 자신 속에서 영원과 무한을 보게 됩니다.

이 경지에 도달한 사람은 더 이상 죽음 따위에 시달리는 일은 없어지게 될 것입니다. 인류가 도구를 갖게 된 이래 가장 주된 관심사는 바로 죽음의 문제였습니다. 제아무리 훌륭한 일을 해놓아도 죽음의 공포를 해결하지 않고는 아무 의미가 없다고 본 인간들은 무엇을 했습니까?

영원히 죽지 않는 전지전능의 신을 만들어냈습니다. 지구촌에서 과거에 생멸했거나 현존하는 모든 종교는 바로 이 죽음을 극복하기 위한 끊임없는 노력의 산물입니다.

그러나 종교는 죽음의 문제 해결의 근처까지는 갔지만 그 핵심에는 끝내 도달하지 못하고 기복신앙祈福信仰으로 전락했습니다.

삶과 죽음이 같다는 깨달음은 주시注視와 관찰觀察만이 도달할 수 있는 구도과정의 압권壓卷입니다."

"그러나 선생님, 사람이 일단 숨이 끊어지면 바로 그 순간부터 인체는 부패작용이 시작되지 않습니까?"

"조금 전에 내가 뭐라고 말했습니까? 우리가 오감으로 느끼는 이 세상 일체의 것은 물거품처럼 무상하다고 말하지 않았습니까?"

"무상無常하다는 말은 무슨 뜻입니까?"

"알아듣기 쉽게 말해서 수시로 변하므로 믿을 수 없다는 말입니다. 그러므로 우리의 오감五感으로 알 수 있는 모든 것은 한낱 꿈이나 환상처럼 부질없다고 말합니다. 우리가 오감으로 보고 느끼고 냄새 맡고 감촉하는 모든 것은 모두 다 무상하다는 것을 깨달은 사람이라야 비로소 진리의 실체가 보입니다.

사람은 이 세상에 살다가 숨이 끊어지고 그 몸이 썩기 시작해도 그의 영혼은 죽지 않고 다시 새 생명으로 태어납니다.

생로병사의 윤회는 끊임없이 계속됩니다. 죽음은 곧 삶이요, 삶은 곧 죽음이어서 별개의 이질적인 존재가 아닙니다. 생사는 곧 동전의 앞뒷면과 같습니다. 밤이 있으면 낮이 있고, 생시가 있으면 꿈이 있고, 음이 있으면 양이 있습니다.

죽음의 겉모습은 무상하지만 생명의 근원은 변함없는 하나입니다. 그래서 천부경天符經은 일묘연만왕만래一妙衍萬往萬來 용변부동

본用變不動本 즉 하나가 묘하게 변하여 만물이 되어 오가고, 쓰임은 변하지만 그 본바탕은 변함이 없다고 했습니다."

"그럼 생사일여를 깨달은 사람은 그렇지 않는 사람에 비해서 무엇이 다릅니까?"

"어떠한 난관에 봉착해도 좌절하거나 우울증에 빠지는 일이 없고 항상 긍정적이고 적극적이고 진취적이고 희망적입니다."

"왜 그렇죠?"

"우아일체宇我一體와 신인일치神人一致가 일상생활화되어 있으므로 그가 바로 이 우주의 주인이기 때문입니다. 우주의 주인이 무엇이 부족해서 좌절하고 우울해하고 화내고 절망하거나 일희일비一喜一悲 할 필요가 있겠습니까?"

마음 바꾸기

우창석 씨가 말했다.

"선생님, 저에게 금년에 70세 되시는 큰아버지가 한 분 계신데요. 친구 되시는 분의 양로원 사업에 조상 대대로 물려져 내려오는 3만 평의 시가 30억 원에 달하는 선산을 담보로 10억 원을 은행 융자받아 투자하셨다가, 양로원 사업이 부도가 나는 바람에 마침내 선산이 경매에 붙여지게 되어 아주 곤궁에 처해계십니다.

경매 기일은 하루하루 바짝바짝 다가와 간이 타 들어가는 것 같고, 선산을 팔아서 은행 빚을 갚으려 해도 사겠다는 사람은 선뜻 나타나지 않고 하여, 하도 노심초사勞心焦思하신 나머지 며칠 전에는 집안에서 졸도까지 하시고 구안와사까지 왔습니다.

때마침 이웃 한의원에서 침을 맞고 겨우 위기는 모면하셨는데, 이대로 가다가는 언제 또 무슨 병이 도질지 몰라 식구들이 전전긍긍하고 있습니다.

온 문중 어른들이 모여서 그 때문에 대책들을 강구하고 있지만 10억 원이란 큰 돈을 쉽사리 마련할 뾰족한 길이 없어 애를 태우고 있습니다. 이런 때 선생님이시라면 어떻게 하시겠습니까? 무슨 좋은 방안이 없을까요?"

"만약 나에게 주어진 객관적인 환경을 바꿀 능력이 없다면, 다시 말해서 이 경우 은행 빚을 갚을 힘이 없다면, 빚 때문에 계속 노심초사하여 중병에 걸리는 어리석음부터 피해놓고 볼 것입니다.

돈보다 중요한 것이 건강이기 때문입니다. 그러자면 어떻게 해서든지 마음을 바꿀 수밖에 없습니다. 노심초사에서 온 병은 마음만 바꾸면 피할 수 있기 때문입니다."

"큰아버지는 이번 사태를 초래한 양로원 원장과 자기 자신을 원망하십니다. 그런데 마음을 어떻게 바꾸죠?"

"내가 만약 그러한 조건에 처했다면 그것을 피하려고 노심초사만 할 것이 아니라 도리어 그것을 허심탄회하게 받아들이고 그 조건에 나 자신을 순응시킬 것입니다.

다시 말해서 어떻게 해서든지 선산 땅을 경매 전에 제값을 받고 팔려고만 아등바등할 것이 아니라, 팔리면 팔리고 안 팔리면 경매를 당하는 수밖에 없다고 인정하고 상황을 있는 그대로 받아들일 것입니다.

무한정 넓어서 우주 전체를 포용하고도 남을 수 있지만, 송곳 하나 들어갈 빈틈도 없을 정도로 비좁을 수도 있는 것이 사람의 마음입니다. 나는 그러한 마음을 내 의지로 바꿀 것입니다. 객관적 조건은 내 마음 역시 어쩔 수 없지만 내 마음만은 얼마든지 내 마음대로 다스릴 수 있기 때문입니다.

그리고 지금 나에게 밀어닥친 파국의 원인은 나 자신이나 양로원 사업하다가 부도를 낸 친구의 탓으로만 돌리고, 그 외에 누구도 원망하지 않을 것입니다. 남을 원망할수록 자기 자신만 더욱더 비참해지기 때문입니다."

"그럼 어떻게 해야 합니까?"

"내가 지금 이런 어려움에 처한 것은 친구 때문이 아니라 나의 여러 전생에 쌓여온 인과응보 때문이라고 생각할 것입니다. 지금 나에게 일어나는 모든 외부 조건들은 모두가 전생의 내 업보가 초래한 것이기 때문입니다. 그래야만 우주에서 보내오는 큰 기운과 지혜와 능력을 받을 수 있기 때문입니다."

"그럼, 선생님, 지금 제가 큰아버지를 위해서 무엇을 어떻게 할 수 있을까요?"

"위기危機는 마음먹기에 따라 호기好機가 될 수도 있습니다. 우창석 씨는 이런 때 큰아버님을 찾아가 마음을 바꾸는 방법을 일깨워드리는 것이 그분을 이번 위기에서 구할 수 있는 첩경이 될 것입니다."

"그런데 큰아버지는 친구가 하는 양로원 사업에 실패한 것보다도 은행 빚까지 내어 그 사업에 투자한 자신의 어리석음을 더 자책하고 계십니다. 그것이 사실은 이번 일의 근본 원인인 것 같습니다."

"그럼, 큰아버지와 그 친구분 사이에는 그전부터 금전을 꾸어주고 빌려주는 대차貸借관계가 있었습니까?"

"큰아버지는 그 친구분과 금전대차관계는 없었다고 하시던데요."

"이생에 그런 일이 없었다면 전생에 그 친구에게서 큰 빚을 진 일이 있었을 것입니다."

"그렇다면 이번에 전생의 빚을 큰아버지가 그 친구분에게 갚는 과정인가요."

"그렇습니다."

"그런데, 큰아버지는 그런 인과관계는 통 모르시는 것 같습니다."

"걱정할 것 없습니다. 이번 일로 마음이 크게 열리면 곧 모든 것을 스스로 알아내실 수 있게 될 것입니다."

"제발 그렇게만 되어주신다면 그야말로 전화위복轉禍爲福이라고 할 수 있겠습니다."

"당연히 그래야죠. 마음을 제때에 바꿀 수 있는 사람은 마음을 무한히 넓힐 수 있으므로 모든 것을 바꿀 수 있습니다."

"선생님, 최악의 경우 경매에 붙여지면 어떻게 되죠?"

"그건 경매 때의 낙찰에 달려 있습니다. 은행 빚 이하로 낙찰될 가능성도 각오해야 할 것입니다. 그래서 환금성이 취약한 부동산을 가진 사람을 부동산 거지라고 하지 않습니까?"

"그럼 큰아버지 일가는 졸지에 길바닥에 나 앉을 수밖에 없겠네요. 그럼 어떻게 되죠? 그렇게 되면 큰아버지 성격에 심장마비를 일으켜 살아남지 못하실 텐데."

"살아남지 못하면 죽을 수밖에 더 있겠습니까? 사람은 조만간 누구나 다 공평무사하게 죽게 되어 있습니다. 남보다 조금 일찍 죽는다고 해서 죽음을 그렇게까지 겁낼 필요가 있겠습니까? 죽음을 겁낸다면 그것은 삶에 대한 집착 때문입니다."

"그렇긴 합니다만."

"죽음까지도 흔쾌히 받아들일 수 있을 만큼 마음이 넓어진다면 무슨 걱정이 있겠습니까? 그런 사람은 이미 성통공완性通功完한 도인이 아니겠습니까?"

"그렇죠." "그러나 확실한 것은 사람은 누구나 작심하고 지극정성으로 노력만 한다면 성통공완한 도인이 아니 될 수 없다는 것입니다."

"결국 우리가 인생고에서 완전히 벗어나는 길은 생사일여生死一如의 이치까지도 깨닫는 길밖에 없겠군요. 그래야만 죽음까지도 기꺼이 받아들일 수 있을 테니까요."

"그렇고말고요. 그럴 수 있는 사람에게는 어떠한 역경에 처해도 항상 새로운 출구가 늘 열리게 되어 있습니다."

최동욱 사태

2013년 10월 3일 목요일

우창석 씨가 말했다.

"최동욱 전 검찰총장 사태가 일어난 것이 9월 6일, 그의 혼외 아들에 대한 조선일보 특종 기사 때문이었으니까, 벌써 3일 후면 한 달이 됩니다. 그동안 이 사건은 연일 나라 전체를 후끈 달구 어 놓았는데 이제는 서서히 막바지 고비에 접어든 것 같습니다.

처음 조선일보 특종이 터졌을 때 그는 '나와는 상관없는 일이 다,' '나는 모르는 일이다', '나와 검찰을 흔들려는 모 측의 음모 다,' '유전자 검사를 받을 것이다' 하고 말했지만 막상 가장 중요 한 유전자 검사는 끝내 피해왔습니다.

야당에서는 검찰총장을 찍어내리려는 음모라고 공격했고, 법무부 가 감찰에 들어가자 채 전 검찰총장은 사표를 냈습니다. 감찰 결 과 그의 혼외 아들 혐의는 더욱더 굳어졌고 그의 사표는 곧 수 리되었습니다. 사태가 이에 이르기까지 채 씨의 혼외 아들이 있 으리라고 믿는 국민들이 다수를 차지하긴 했지만 아직도 긴가민 가 하는 사람들이 더러 있었습니다.

그러나 최근에 TV조선과 조선일보에서 내보낸, 임 여인 집에서 4년 7개월 동안 문제의 아들을 키워 온 가정부였던 이 모 여인의 인터뷰가 그에게는 직격탄이 되었습니다.

이 모 가정부에 따르면 채 씨가 수시로 그 집에 찾아와서 먹고 자는가 하면 아이를 무등 태우고, 영어를 가르치고, 돌잔치를 해주었습니다. 그런가 하면 아이와 친모인 임 여인과 셋이서 여행을 떠나기도 했고, 이모 가정부에게 아들을 잘 키워 준 것을 진정으로 고마워하는 감사장을 써주는 등 아주 구체적이고 생생한 진실을 밝히는 인터뷰 기사가 나왔습니다.

게다가 조선일보가 그 감사장의 필적을 전문가에게 의뢰하여 감정하여 본 결과 채 씨의 필적이라는 것이 밝혀졌습니다.

첫 번째로 9월 6일자 조선일보 특종에는 문제의 11세의 아들의 초등학교 학적부에 '아버지 채동욱'으로 기재되어 있다는 것이었고, 두 번째로 법무부 감사 결과는 아이의 친모인 임 모 여인이 채 전 검찰총장의 집무실에 찾아가 '내가 부인'이라면서 '피한다고 해서 될 일이 아니니 전화를 꼭 하게 해 달라'는 말을 남겼다고 합니다.

세 번째가 이 모 가정부의 인터뷰인데 점점 시간이 흐를수록 혼외 아들 혐의는, 본인의 부인과는 달리, 점점 더 굳어갈 뿐이었습니다.

게다가 임 모 여인은 이 모 가정부가 온갖 궂은 일을 하여 피땀 흘려 모은 돈 6천 5백만 원을 꾸어 쓰고는 그 돈을 갚겠다고 다방에 불러내어, 겨우 2천 5백만 원만 돌려주고 나머지 4천만

원은 조폭을 동원 협박하여 차용증까지 빼앗고 떼어먹었다고 합니다.

이 모 가정부는 하도 분하고 억울해서 아들의 반대를 무릅쓰고 조선일보 인터뷰에 응했다고 합니다. 이 보도가 나가자 채 씨는 조선일보를 상대로 제기했던, 보도된 기사의 정정을 요구하는 민사소송을 취하했고, 그의 변호사마저 떠났으며 국민여론은 결정적으로 채 씨의 혼외 아들을 믿는 쪽으로 기울었습니다.

선생님, 이제 일개 자연인이 된 채 씨가 취할 길은 무엇이라고 보십니까?"

"채 씨와 임 모 여인은 지금 강원도 모처에서 행적을 감춰버렸다고 합니다. 그렇게 한다고 해서 혼외 아들 혐의가 벗겨지는 것은 아닙니다.

만약에 채 씨의 주장대로 그가 엉뚱한 혐의를 받고 있다면 공증인을 대동하여, 지금 미국에 유학 가 있는 혼외 아들 혐의를 받고 있는 11세의 채 모 군에게서 유전자 시료를 채취하여, 그가 자신의 친자가 아님을 과학적으로 입증해야 합니다. 그러나 그가 유전자 검사를 계속 기피하는 한 혼외자 혐의는 영원히 미궁으로 빠지게 될 것입니다.

검찰이 하는 일이 무엇입니까? 살인자, 도둑, 사기꾼, 이적행위자 등을 잡아내어 법정에 고발하는 일이 아닙니까? 그러한 그가, 국민들은 아미 다 알고 있는 일을 계속 얼버무리려다가 행적까지 감추어버린다면, 이것이야말로 국민을 우롱하는 일종의 기만

행위가 아닐 수 없습니다. 그래 가지고 이 나라 검찰의 기강이 바로 서겠습니까? 더구나 지금도 검사직을 충실히 이행하고 있는 2천 명의 그의 후배 검사들의 체면은 뭐가 되겠습니까?

게다가 설상가상으로 그는 1961년에 제정된 공무원 축첩 금지법을 위반한 혐의도 피할 수 없게 되었습니다. 법 앞에 국민들이 차별대우를 받는 불상사는 절대로 없어야 합니다.

그러나 이제라도 늦지 않으니 국민 앞에 솔직하게 자신의 잘못을 밝히고 석고 대죄한다면 관대하기로 이름난 우리 국민들은 그를 용서해 줄 것입니다. 그러나 채 씨에게 혼외 아들이, 그의 주장대로 정말 없다면 유전자 검사로 지체 없이 진실을 밝혀야 합니다.

그러나 내가 만약 그라면 자신의 무죄를 입증하기 위해서 유전자 검사보다 먼저 꼭 해야 할 일이 있습니다."

"그게 뭐죠?"

"일부함원오월비상—婦含怨五月飛霜이란 격언 아시죠?"

"알고말고요. 한 여자가 한을 품으면 5월에도 서리가 날린다는 뜻이 아닙니까?"

"그렇습니다. 내가 만약 채동욱 씨라면 지금과 같은 때 종적을 감출 것이 아니라 달러 빚을 내서라도 그가 자신의 아들을 위해 감사장까지 써 준 이모 가정부를 찾아가 무릎을 꿇고 사죄하고 일금 5천만 원을 건네어 줄 것입니다."

"그럼 임 모 여인이 떼어먹은 원금 4천만 원 외에 1천만 원이

나 더 얹어 줍니까?"

"그 가정부가 4년 7개월 동안 일했으면 그 정도의 퇴직금은 챙겨주었어야 합니다. 그렇게 함으로써 자기 아들을 4년 7개월 동안 갖은 정성을 다해 키워준 대가로 달랑 감사장 한 장만 써 준 무례와 아들의 친모가 범한, 강자에겐 아부하고 약자에겐 잔인한, 악질적인 금품 갈취행위부터 그가 대신하여 용서받아야 할 것입니다.

그렇게 하여 그 가정부의 가슴속에 서려 있는 원한부터 풀어주어야 그의 앞길이 순탄해질 것입니다."

"선생님 말씀에 전적으로 동감하면서도 이해가 안 되는 부분이 있습니다. 우리나라에는 불우하고 약한 여자의 원한을 풀어주고 도와주는 여성단체들도 수두룩하고 약자를 돕겠다는 여야 정치 세력들도 엄존하건만 이럴 때 가사 도우미 이 모 여인의 억울함을 풀어주겠다는 움직임이 일체 없는 것을 보면 아무래도 무엇인가 단단히 잘못되어 가고 있는 게 아닌가 하는 생각이 듭니다.

또 한 가지 걱정되는 것이 있습니다. 채동욱 씨의 혼외 아들로 지목되고 있는 채 모 군은 강남에서도 유명한 사립학교에서 전교 일등을 휩쓴 수재라고 합니다. 이 정도로 똑똑한 아이라면 앞으로 나라의 장래를 짊어질 동량감이 되지 말라는 법도 없습니다.

부모 때문에 불행한 소년시대를 보낸 오바마 대통령과 유사한 점이 연상됩니다. 채 군이 지금은 미국에 유학을 하고 있지만 부모의 처지를 감안할 때 그의 장래가 심히 걱정이 아닐 수 없습니다.

뿐만 아니라 이제 10년쯤 뒤에 성인이 되면 자신의 존재에 대한 의문을 해결하려고 채동욱 씨에게 친자확인 소송을 낼지도 모릅니다. 그렇게 되기 전에 그 소년의 정체가 밝혀져야 할 것입니다.

찍어내기

그 다음으로 문제가 되는 것은 민주당이 주장하는 소위 '찍어내기'입니다. 이 말은 채동욱 전 검찰총장이 청와대에 의한 찍어내기 대상이었다는 말인가요?"

"그렇습니다."

"그럴 만한 이유가 있습니까?"

"있습니다. 우선 그가 국정원 댓글 수사를 위해 임명한 검사가 종북 단체를 열렬히 지지하여 성금을 내기로 이름난 좌파 검사라는 겁니다. 검찰은 지나친 좌편향도 과도한 우편향도 안 되는데, 그것을 무시한 채동욱 전 검찰총장의 처사는 어찌 보면 스스로 자기 무덤을 판 격이 아닐 수 없습니다.

민주당이 노리는 것은 어떻게 하든지 지난 대선을 부정 선거로 몰아 대선 불복 운동을 거국적으로 벌일 속셈이라는 것은 세상이 다 아는 일입니다.

민주당이 채 씨를 감싸고 드는 것은 그가 민주당 편을 들어주었기 때문입니다. 채 전 검찰총장이 엄정 중립을 지켰더라면 아무도 감히 그를 건드릴 생각을 하지 못했을 것입니다.

한편 문재인 민주당 대통령 후보는 48%의 득표율로 패배했는데,

노무현 전 대통령이 겨우 36%로 당선한 것을 생각하면 정말 배가 아팠을 것입니다. 게다가 새누리당의 박근혜 후보는 51.6%의 근소한 표차로 당선되었으니 10.6%도 아니고 겨우 3.6%의 근소한 차이로 패배했으니 문재인 의원의 그 쓰라린 심정은 짐작이 갑니다.

그러한 문재인 후보가 지난 12월 20일 대선 결과를 선관위가 발표할 때는 자신의 패배를 솔직히 시인해 놓고 나서 이제 새삼스레 대선 불복 운동을 벌이자는 속셈을 드러낸 것은 야당 대선 후보의 체면상 있을 수 없는 일입니다.

미국에서 부시 대통령이 근소한 표차로 재선되었을 때도 상대 후보인 고어는 패배를 인정하고 나서, 선관위가 재점검을 해 본 결과 부시가 고어에 약간의 표차로 역전되었습니다. 그러나 고어는 처음에 인정한 대로 자신을 패배자로 밀고 나감으로써 국가적 혼란을 방지하는 지혜를 발휘했습니다. 나라를 사랑하는 정치가라면 적어도 이 정도의 아량과 금도는 있어야 되는 거 아닙니까?

박근혜 대통령도 지난 대선 때 자기는 국정원과는 아무 관련도 없었고 도움을 받은 일도 없다고 밝혔는데도 민주당은, 당선에는 사실상 별 영향을 주지도 못한 몇 개의 댓글 문제를 그렇게도 끈질기게 물고 늘어지는 것은, 대선불복 운동이 아니면 적어도 이명박 정부 벽두에 아무 근거도 없는 광우병 괴담과 촛불 시위로 양당으로서 기선을 제압한 선례를 답습해 보자는 의도가 아닌가 의심되지 않을 수 없습니다.

이석기 의원 체포 동의안에 찬성하지 않은 국회의원이 총 31 명인데 이들 종북 성향의 국회의원들에게는, 북한의 사주를 받아 대한민국을 전복하려는 그들의 뒤를 끈질기게 추적하는 국정원 이야말로 불구대천의 원수가 아닐 수 없으므로 어떻게 해서든지 해체해버려야 할 대상임에 틀림없습니다.

최동욱 전 검찰총장은 이렇게 막중하고도 민감한 국정원 댓글 문제를 수사할 검사에 종북 세력 옹호자를 배정했으니 청와대로 서는 유쾌한 일은 아니었을 것입니다."

"그래서 채동욱 전 검찰총장의 혼외 아들을 문제 삼아 청와대 가 찍어내기를 시도했다는 것이 야당의 주장이군요. 그런데 선생 님, 사초史草 실종 문제로 정계를 은퇴하겠다던 자신의 약속을 깨 고 한동안 침묵을 지키고 있던 문재인 의원이 요즘 갑자기 새 활로라도 찾은 듯이 환한 얼굴로 국정원 댓글이 대선에서 박근 혜 대통령에게 유리하게 작용했다면서 잘못을 사과할 것을 요구 하고 나섰습니다.

주머니 털어서 먼지 안 나는 사람 없다고 그런 일로 대선 불복 운운하는 것은 제가 보기에는 아무래도 여당의 발목잡기요 일종의 국면전환용 꼼수 같은 생각이 듭니다. 댓글 문제는 지금 한창 수 사와 재판이 진행 중인데 사법부의 결론도 나기 전에 대통령 사 과부터 요구하는 것은 우물에 가서 숭늉 찾기라고 생각됩니다."

"박근혜 대통령이 그런 문제로 사과를 하지도 않겠지만 만약에 사과를 한다면 어떻게 될까요?"

"아마도 그것을 꼬투리로 대선 불복 운동을 더욱 가열차게 벌여나갈 가능성이 있습니다. 그러나 국민들로부터 역풍을 맞을 우려도 있으므로 신중을 기해야 할 것입니다.

제아무리 기발한 발상을 내놓아 보았자, 남의 탓을 하기에 앞서 자기 탓을 할 만큼 마음이 바르게 바뀌지 않는 한 개구리 배때기에 바람 불어 넣기요, 도토리 키 재기에 지나지 않습니다."

"그럼 우리나라 정치는 언제까지 이러한 소모적인 이전투구를 계속해야 합니까?

"한심한 일이긴 하지만 너무 걱정할 필요는 없습니다. 유권자들이 두 눈 부릅뜨고 지켜보고 있지 않습니까? 대선, 총선, 보궐선거 때마다 유권자들이 현명한 판단을 해 줄 것입니다.

국민의 뜻을 어기고 국익을 해치고 대한민국을 전복하려는 세력을 응징하겠다는 유권자들의 의지가 살아있는 한, 국민들이 생각하기에 부당한 억지를 부르는 쪽은 다음 선거 때 반드시 찍어내기를 당하지 않을 수 없을 것입니다. 바로 이 때문에 대한민국은 조선왕조처럼 호락호락 망하는 일은 없을 것입니다."

"민주당이 지금처럼 생억지를 부린다면 무슨 변괴라도 일어나지 않을까 하는 느낌이 드는데 저 한 사람만의 생각일까요?"

"그렇지 않을 겁니다. 야당이 차기 수권 정당으로서의 제 구실을 못하면 안철수 신당이 다크호스처럼 부상할 수도 있습니다. 그렇지 않아도 일부에서는 문재인 후보가 48%의 득표를 얻은 것은 야권 단일화로 안철수 표가 반 이상은 차지했을 것이라고 합니다.

　이것을 감안하면 다음 총선이나 대선에서, 지난 대선 때 민주당을 지지했던 야권 성향의 부동층이 안철수 신당 쪽으로 대거 이동할 가능성이 있습니다. 그렇게 되면 정치판을 새로 짜야 하는 사태가 벌어질 수도 있는데, 이것이야말로 민주당으로서는 스스로 제 무덤을 파는, 또 하나의 찍어내기가 아닐 수 없습니다."

발편잠

우창석 씨가 말했다.

"선생님, 하루 일을 마치고 잠자리에 든 후, 그 다음날 아침에 깨어날 때까지 숙면熟眠을 취할 수 있으려면 수련이 어느 단계까지 가야 합니까?"

"적어도 발편잠을 잘 수 있을 만큼은 수련이 되어야 합니다."

"발편잠이라니요? 처음 듣는 어휘입니다. 무슨 뜻입니까?"

"발편잠이란 웬만한 사전에도 나오지 않는 순 우리말입니다. 근심 걱정 없이 발을 편하게 쭉 뻗고 자는 잠을 말합니다. 도 닦는 사람이라면 적어도 이 정도의 수준에는 도달해야 한 소식했다고 말할 수 있습니다."

"그런데 선생님, 저는 정해진 취침 시간을 놓치면 아무리 애를 써 보아도 통 깊은 잠을 이룰 수 없습니다."

"그것은 아직 수련이 덜 되었다는 증거입니다."

"그럼, 선생님, 잠자려는 시간에는 아무 때나 눈만 감으면 잠이 쏟아지게 하려면 어떻게 해야 합니까?"

"우선 근심 걱정이 없어야 합니다."

"그러나 사람이 세상을 살아가면서 근심 걱정이 없을 수 있나요?"

"있지요."

"물론 구도자라면 누구나 그렇게 되기 위해서 노력을 하겠죠. 그런데도 뜻대로 근심 걱정이 사라지지 않는 것은 무엇 때문입니까?"

"불안 때문입니다."

"그럼 어떻게 해야 그 불안에서 벗어날 수 있을까요?"

"불안에서 완전히 벗어나려면 무엇보다도 매사에 마음을 바르게 먹고 나보다 남을 먼저 배려하는 삶을 일상생활화해야 합니다. 이러한 생활이 습관화되면 그 사람은 자기도 모르게 점점 우주의식을 닮아가게 될 것입니다. 그렇게 할 수만 있다면 그 사람은 점차 불안에서 벗어나게 될 것입니다."

"우주의식과 닮으라는 말씀이신데 우주의식이 무엇입니까?"

"전에도 말했지만 하늘의 뜻이 바로 우주의식입니다. 우리 조상님들이 자주 써 온 말 중에 인내천人乃天이라는 말이 있습니다. 사람이 곧 하늘이라는 뜻입니다. 사람이 곧 하늘이요, 내가 곧 하느님이고 하나님이라는 깨달음에 도달한 사람이 바로 철인哲人이고 도인道人입니다.

사람이 곧 하늘이라는 깨달음에 도달한 사람이라야 온갖 근심 걱정과 불안에서 완전히 벗어날 수 있습니다. 하느님은 시간과 공간과 물질을 초월한 존재이므로 근심 걱정이나 불안 따위가 범접할 수 없습니다.

　따라서 인간의 마음도 우주를 다스리는 우주의식처럼 확고부 동해지지 않을 수 없게 됩니다. 왜냐하면 이 우주 안에서 우주의 주인이 되지 않고는 아무도 우주처럼 완벽해질 수는 없기 때문 입니다.

　따라서 그의 마음과 몸이 우아일체字我一體가 된 구도자는 우주 의식과 점점 가까워지게 되어 있습니다.

　구도자가 도를 닦다가 보면 자기도 모르는 사이에 무의식적으 로 우주의식과 같아질 때가 있습니다. '인심人心이 곧 천심天心'이 란 말은 바로 그런 현상을 우리 조상들이 표현한 것입니다. 천심 이 바로 우주의식입니다.

　인심은 처음부터 바로 천심이기 때문입니다. 다시 말해서 사람 의 마음은 원래부터 하늘의 마음에서 분화되어 나온 하느님의 분신입니다. 이것을 자기도 모르는 사이에 부지중에 깨달은 사람 은 하느님처럼 근심걱정과 불안에서 벗어나 있으므로 발편잠을 잘 수 있습니다."

　"어떻게 하면 사람의 마음이 하늘의 마음처럼 될 수 있습니 까?"

　"그건 아주 간단합니다. 인심이 바로 천심이고 사람이 곧 하늘 이므로, 사람도 하늘처럼 바르고 착하고 지혜로워지면 누구나 하 느님이 될 수 있습니다. 수행을 하여 하느님이 되는 정도에 따라 누구를 막론하고 발편잠을 잘 수 있습니다.

　우아일체字我一體란 사유思惟나 지식에 의해서가 아니라 수행으로 마음과 몸이 차츰 진화되어 어느 시점에 문득 그 사실을 알 아차리게 되어 있습니다. 이것을 깨달음이라고 하죠. 우아일체, 신아일체神我一體는 그렇게 스스로 깨닫는 경지입니다.

이런 깨달음에 도달한 사람은 생사일여生死一如를 늘 생활화하 므로 근심 걱정에서도 온갖 불안에서도 벗어나게 됩니다. 왜냐하 면 그 사람은 이미 걱정 근심과 생사와 불안을 초월해 있기 때 문입니다.”

“인류 역사상 실제로 그런 사람이 있었습니까?”

“그럼요. 동서고금을 통하여 그런 사람은 기라성같이 많습니 다. 그 중 한 사람만 소개하겠습니다.

‘내일 지구의 종말이 온다고 해도 나는 오늘 사과나무를 심겠 다’고 말한 17세기의 네덜란드 철학자 스피노자가 바로 그런 사 람입니다. 우아일체가 체질화되지 않았다면 그의 입에서 그런 말 이 그렇게 쉽게 나올 수가 없었을 것입니다.”

“지구의 종말이 온다면 모든 것이 끝나는 것이 아닌가요?”

“시작도 끝도 없는 자성自性을 깨닫지 못했으니까 그런 의문을 갖게 되는 겁니다.”

“그러니까 저 같은 놈은 열심히 공부하는 수밖에 없겠군요.”

“자신감을 가지세요. 혜가慧可와 같은 치열한 구도 정신이 살아 있는 한 진리는 바로 코앞에 있는, 만 사람의 것이니까 조금도 실망할 필요는 없습니다.”

“그럼 저도 조만 간에 스피노자와 같은 의식에 도달할 수 있을까요?"

"그렇고 말고요."

종북 이적단체의 운명

우창석 씨가 말했다.

"선생님, 요즘 어떤 논객은 당장 대한민국을 위기로 몰아넣는 것도 아니고 무력을 사용하는 것도 아닌데, 정부가 통진당을 종북 이적단체로 몰아 헌법재판소에 해산 제정 신청을 내는 것은 소수의 의견도 수용해야 하는 다양성을 추구하는 우리나라 민주 제도에서는 좀 지나친 처사가 아닌가 하고 이의를 제기했습니다. 선생님께서는 이에 대하여 어떻게 생각하십니까?"

"그것은 통진당을 배후에서 조종하는 북한 통일전선부의 존재를 무시한 너무나 순진무구한 망언이 아닌가 생각됩니다. 어디 그것뿐이겠습니까? 통진당 소속의 이석기 의원이 내란 음모 혐의로 국회의 체포동의안이 가결된 점을 무시한 논평이 아닌가 합니다. 당 강령으로 대한민국을 부인하고 남한에 북한과 유사한 세습왕조를 건설하려는 저들의 의도는 국가 전복 음모임이 틀림없습니다.

북한에 만약 종남(從南) 이적단체가 있어서 이런 시도를 했다면 어떻게 되었을까요? 그들은 재판도 없이 당장 공개 총살을 당하지 않으면 정치범 수용소에 끌려들어가야 했을 것입니다.

만약에 이석기의 배후에 북한이 없었다 해도 이런 종류의 국가 전복을 강령으로 내건 단체는 초기 단계에서 철저한 제거해 버려야 합니다. 그것이 바로 국민의 생명과 재산을 보호할 첫 번째 임무를 가진 정부가 마땅히 해야 할 일입니다.

우리 속담에 바늘 도둑이 소도둑 된다는 말이 있습니다. 이러한 지혜를 무시한 결과 실제로 어떤 일들이 벌어졌습니까?

바이마르 헌법하의 독일공화국에서 히틀러의 국수주의 나치 조직을 방치한 결과 어떻게 되었습니까? 나치는 실제로 바늘 도둑이 소도둑뿐만 아니라 나라 도둑이 되었고 끝내 6백만의 유태인을 대량 학살한 전대미문의 끔찍한 범죄를 저질렀습니다.

또 1975년에 멸망한 월남공화국은 어떻게 되었습니까? 월남공화국을 타도하고 월맹과 통합하려는 기치를 내걸고 지하 투쟁에 들어간 베트콩을 월남이 초기에 제거하지 않은 결과 마침내 멸망을 자초했습니다.

월남공화국 국민들은 나라를 잃고 보트 피풀 즉 선상난민船上難民이 되어 그들을 받아주는 나라도 없이 정처 없이 망망대해를 떠돌다가 기갈을 견디지 못하고 하나둘씩 목숨을 잃어버리고 말았습니다. 통진당은 한국판 베트콩과 같은 존재들입니다."

"그럼 공산통일 후 베트콩들은 어떻게 됐습니까?"

"월맹에 의한 공산통일이 성취된 후에 베트콩은 잘했다고 상을 받기는커녕 모조리 체포되어 무자비하게 말끔히 숙청되어 버리고 말았습니다."

"조국을 한번 배신한 자들은 언제 또 배신을 할지 모른다는 것이 이유였습니다. 그리고 공산국가는 전통적으로 자유세계를 한번 체험한 자들은 아무리 공산당에 큰 기여를 했다고 해도 언제 또 배신을 할지 모른다고 하여 절대로 신임하지 않습니다."

"아니, 그렇다면 통진당원들이 한국을 공산화하는 데 혁혁한 공로를 세워도 공산통일 후에는 결국 숙청되고 만다는 건가요?"

"그건 낮에는 해가 뜨고 밤에는 달이 뜬다는 것과 같이 명백합니다…"

"그 사실을 통진당원들은 알고 있습니까?"

"알려주어도 믿지 않습니다."

"그렇다면 통진당원들은 사이비似而非종교宗敎나 사교邪敎 집단의 광신자狂信者들과 같다는 말인가요?"

"그렇다고 말할 수밖에 없습니다." "결론적으로 말해서 어느 모로 보나 국가와 민족을 위해 백해무익한 종북 이적단체야말로 해산 외에 다른 방법이 없겠군요."

"물론입니다. 지구상에서 이적단체를 존속시키는 나라는 한국밖에 없습니다. 우리처럼 내전을 겪지 않은 분단국이었던 서독도 통독 전에 동독의 지원을 받아 서독 내에서 동독 공산 정권의 지령을 받아 움직이는 '종동從東' 이적단체들을 모조리 다 해산시켜버리고 끝내 통독을 실현시켰습니다."

"그렇군요. 그럼 우리나라에서도 국가의 존립을 위태롭게 할 수도 있는 조직이나 단체들을 해산시킨 전례가 있습니까?"

"있고말고요. 이승만 정부 때는 매국적인 친일단체들을 모조리 다 해산시켜 버렸습니다. 그러나 일본의 제국주의 강점기부터 일본인 교수로부터 반도식민사관을 전수받은 친일사학자들은 아직도 이 나라의 사학계를 독점하고 있습니다. 그들이 각종 역사 교과서를 집필하는 한심한 작태는 지금도 진행되고 있습니다.

그리고 김영삼 정부는 '하나회'라는 정치 군인들의 비밀 조직을 뿌리째 뽑아냄으로써 군사 쿠데타로 다시 집권할 길을 완전히 막아버렸습니다."

국회선진화법

우창석 씨가 말했다.

"선생님, 국회에서는 요즘 작년에 만성적인 국회 폭력 사태를 근절한다는 취지로 제정된 국회선진화법 때문에 하루도 편안한 날이 없습니다. 늑대를 내보낸 자리에 호랑이가 들어온 격입니다.

정부는 이 법 때문에 민주당이 요구하는 국정원 댓글 문제와 특검 및 일부 장관의 해임 등의 요구가 관철되지 않는 한, 산적해 있는 시급을 요하는 민생 문제 안건 통과에 동의할 수 없다고 버티는 통에 근 1년 동안 아무 일도 못하고 손을 놓고 있다가, 야당이 민주주의의 다수결 원칙을 무시한다고 하여 헌법재판소에 제소할 작정인 것 같습니다."

"내가 알기로는 작년에 한나라당이 주도하여 이 법을 제정했습니다. 그때도 일부에서는 민주주의의 생명인 다수결의 원칙에 위배된다고 하여 반대했는데도 그대로 강행해 놓고 나서, 법이 제정된 지 채 1년도 안 되어 폐지를 요구하는 것은 너무 성급하다고 봅니다."

"그러나 바로 이 법 때문에 박근혜 정부와 새누리당은 아무 일도 못하고 개점 휴업상태입니다. 지금 새누리당은 155석, 민주당은 127석인데 소수당의 반대로 다수당이 아무 일도 못하고 있으니 민주 국가에서 이게 말이 됩니까?"

"새누리당이 자초한 인과응보요, 자업자득입니다. 직설적으로 말해서 제 발등 제가 찍은 격입니다."

"그 외에 다른 돌파구는 없습니까?"

"유일한 해결책은 다음 선거에서 여당이 재석수를 지금의 155석에서 재석의원 5분의 3인 180석 이상을 얻는 길밖에 없습니다. 180석 이상을 확보하면 여당 단독으로도 안건을 상정하여 3분의 2 이상의 찬성으로 법안을 통과시킬 수 있습니다."

"그렇다면 유일한 탈출구는 여당이 다음 선거에서 180석 이상을 확보하는 길밖에 없군요."

"그러나 새누리당이 무슨 수로 180석 이상을 확보할 수 있겠습니까?"

"그건 지금과 같은 답답한 경색 정국을 지켜보고 있는 유권자들의 선택에 달려있는 문제가 아닐까요?"

"그럼 다음 총선에서 박근혜 정부와 새누리당에게 그럴 만한 승산이 있겠습니까?"

"있고말고요. 충분히 있습니다."

"그걸 어떻게 장담할 수 있습니까?"

"이 나라의 주인인 국민들은 절대로 순진무구한 바보 멍텅구리나 바지저고리가 아닙니다. 그들은 여당과 야당 중 어느 쪽이 국리민복(國利民福)을 위하여 진정으로 열심히 일하는지 매일 텔레비전을 지켜보면서 저울질하고, 평가하고, 판단하고 있다는 것을 알아야 합니다. 다음 총선에서는 틀림없이 유권자들의 한 표 한 표가 제대로 자기 역할을 수행하고야 말 것입니다."

"선생님께서는 오직 유권자들의 선택에 달려있다는 말씀이시군요."

"민주화에 성공한 우리나라에서 그것 외에 무엇을 더 기대할 수 있겠습니까?"

"그러나 선생님 기대와는 달리 1997년과 2002년 대선 때처럼 정권이 친북좌파로 넘어가는 사태와 유사한 일이 벌어지면 어떻게 하죠?"

"유권자가 어리석어서 그런 선택을 했다면 좌파 정부는 10년 동안에 그랬던 것처럼 그런 대로 어려움을 극복해내야지 별수 없는 일 아닐까요?"

"하긴 그렇게 생각하니까 마음이 편하긴 합니다. 단 한가지 국가의 안보만 확실히 보장된다면 말입니다."

"안보는 외부에서 누가 가져다주는 것이 아니라, 우리의 지혜와 능력으로 확보하겠다는 의지가 무엇보다도 더 중요합니다. 의지만 있으면 반드시 대책은 생겨나게 되어 있습니다. 신라의 삼국통일과 대한민국의 산업화는 끊임없는 안보 위협 속에서 발휘된 선조들의 초능력으로 달성되었다는 것을 알아야 할 것입니다."

민주당의 인기 하락

우창석 씨가 말했다.

"박근혜 대통령의 인기는 집권 이후 약간의 부침은 있었지만 대체로 60% 내외이고, 새누리당은 40%, 민주당은 20% 수준을 유지하고 있습니다. 유일한 수권 정당으로서 민주당의 인기도가 여당의 반 토막밖에 안 되는 20% 선에서 맴돌고 있는 이유가 어디에 있을까요? 적어도 30% 이상은 되어야 새누리당과 경쟁이 되지 않겠습니까? 선생님께서는 어떻게 생각하십니까?"

"다음 대선에서 정권을 인수할 작정이라면 지금의 인기도로는 힘들 것 같습니다. 민주당이 지금과 같은 대여 투쟁 자세를 계속 견지한다면 20% 이하로 떨어지지 말라는 법도 없을 것 같습니다. 노무현 전 대통령의 인기도가 집권 말기에는 9.9%까지 추락한 때가 있었는데 그렇게까지는 되지 말아야 하지 않겠습니까?"

"민주당의 인기가 그렇게 계속 추락하는 이유가 도대체 무엇일까요?"

"첫째로 60년 역사가 부끄럽지 않은 당당함과 단호함이 있어야할 터인데 그렇기는 고사하고 당리당략에만 사로잡혀서 계속 변화하는 정세에 제대로 적응하지 못하기 때문입니다.

　지금은 엄연히 2013년인데 민주당을 장악하고 있는 친노 강경파는 아직도 지금이 주사파가 활동하던 1980년대로 착각하고 그당시 운동권의 투쟁 방식을 미련스럽게도 악착같이 고수하고 있습니다."

　"실례를 들어서 좀 알기 쉽게 말씀해 주시겠습니까?"

　"그러죠. 민주당은 1980년식 대여 투쟁 방식과 함께 2008년식 광우병 촛불 시위 방식까지도 그대로 답습하고 있습니다. 시효가 지나버려 응당 용도폐기 처분해버렸어야 할 방식을 그대로 악착같이 밀어붙이고 있습니다.

　박근혜 대통령은 22세부터 27세까지 청와대에서 퍼스트레이디 대행을 수행하는 동안 한강의 기적을 이룩함으로써 세계의 주목을 받고 있던 아버지 박정희 전 대통령으로부터 매일 아침 식사를 같이하면서 5년 2개월간이나 정치인으로서의 특별 과외를 받았습니다.

　10.26 사태 후에는 18년 동안의 내공內攻기를 거쳐, 1997년에 정치에 입문하여 위기에 처한 한나라당을 이끌면서 목숨을 잃을뻔한 테러를 당하는 등 갖은 간난신고艱難辛苦를 다 겪는 동안 정치인으로서의 역량을 키워왔습니다.

　이러한 박근혜 대통령을 상대하는 민주당은 서울 시장을 거친 최고경영자(CEO) 출신인 이명박 전 대통령의 기를 광우병 괴담과 촛불 시위로 꺾던 RO식 투쟁 방식을 무작정 지금도 밀어붙이고 있습니다.

그 결과 민주당은 이명박 정권 5년 동안 친북 또는 종북 이적 단체들이 좌익 정권 10년 동안 그랬던 것처럼 정부로부터 계속 온갖 혜택을 받아내면서도 한국 사회에서 꾸준히 뿌리를 내릴 수 있었습니다.

민주당은 국정원 댓글 문제를 끈질기게 물고 늘어짐으로써 광우병 촛불 효과가 나타나기를 잔뜩 기대했건만 박근혜 정부는 꿈쩍도 안 했습니다."

"민주당은 댓글 문제로 박근혜 대통령의 사과를 끊임없이 요구하는데 그 이유가 무엇일까요?"

"댓글 문제는 지금 재판이 진행 중인데 박근혜 대통령이 사과를 할 처지도 아니지만 만약 사과를 한다면 민주당은 그것을 빌미로 대선 불복을 더 힘차게 밀어붙일 가능성이 있습니다.

이러한 정계의 추이를 손금 드려다 보듯 하고 있는 국민들의 의견이 조사에 반영된 것이 바로 민주당의 20% 선 인기입니다."

"그럼 민주당의 인기를 끌어올릴 수 있는 묘책은 무엇일까요?"

"댓글 문제처럼 1년도 더 지난 과거사로 여당의 발목을 계속 잡으려고 하기보다는 유럽과 미주의 진보당들처럼 국민들이 관심이 가장 많이 쏠려있는 문제부터 개선시켜 나가는 데 있어서 여당과 경쟁을 벌여 우위를 차지해야 합니다."

"그럼 우리나라에서는 국민의 관심사가 가장 많이 쏠리는 분야가 어딜까요?"

"그야 두말 할 것도 없이 안보와 일자리 늘리기가 아니겠습니까?"

"그 두 가지 문제에서 야당은 여당 이상으로 창의적이고도 구체적인 대안으로 국민의 관심을 끌어야 합니다. 가령 안보 문제인 북핵에 대해서는 여당보다 더 과감하고도 진보적인 제안을 내 놓을 수 있어야 합니다."

"실례를 들어 어떤 제안을 말씀하시는 겁니까?"

"우리도 핵을 소유하기를 주장해야 합니다. 그 밖에도 휴전 후 지금까지 북한은 1천 9백건 이상의 도발을 감행해 왔지만 우리는 아직 단 한번도, 전면전을 우려하여 보복을 한 일이 없습니다.

국민들도 항상 그 점이 불만입니다. 보복을 안 하니까 북한은 우리를 깔보고 계속 도발을 한다고 국민들은 분통을 터뜨립니다. 이때마다 야당은 진보당답게 때를 놓치지 말고 북한의 도발에 미적미적하고 제때에 보복하지 못하는 정부 당국의 무능에 질타를 가해야 합니다. 그러나 실제로 천안함 폭침과 연평도 피폭 당시 야당은 보복은커녕 북한을 편들었습니다.

물론 국내에도 북한을 편드는 세력이 5% 정도 있습니다. 그렇다고 해서 야당이 다수 국민의 여론을 무시하고 소수의 의견만을 계속 대변하면 어떻게 되겠습니까? 두말할 것 없이 야당의 인기는 그 5%를 향하여 계속 떨어질 수밖에 더 있겠습니까?

선진국의 진보당들은 요즘 보수당 이상으로 실리적인 경제 정책들을 내놓고 여당과 당당하게 맞대결을 하고 있습니다. 그러나 우리나라의 야당은 경제, 일자리 창출 같은 서민들의 초미의 관심분야는 눈도 거들떠보지 않고 오직 당리당략만을 위한 꼼수에 전념하든가 아니면 종북 이적단체의 편을 들어주는 데만 열을 올리고 있습니다.

이래 가지고는 야당이 인기상승을 기대하든가 차기 정권교체를 바라는 것은 오뉴월에 외양간에 축 늘어진 소불알이 떨어지기를 기다리는 격이 될 것입니다."

"그런데 어떻게 돼서 1997년과 2002년 대선 때는 유권자들이 좌파 정당 후보자를 당선시켰을까요?"

"그때는 진보당 후보들이 보수당 후보들 이상으로 민생과 경제를 활성화시키겠다고 다짐했는데, 그들의 속심이야 어쨌든 간에 보수당 이상으로 국민들이 원하는 일자리 창출에 전력을 다하겠다는 기만적인 선전술에서 점수를 딴 것입니다.

그때만 해도 순진무구하고 어리석은 유권자들은 좌파 정권 10년을 거의 다 체험해 보고 나서야 비로소 속았다는 것을 깨닫고 얼마나 땅을 치고 한탄들을 했습니까? 그 결과가 바로 2007년 대선에서 정동영 좌파 정당 후보가 우파의 이명박 후보에게 무려 560만 표 이상의 차이로 대패하게 만들었던 것입니다."

"그러면 지난번 2012년 대선에선 민주당의 문재인 후보가 박근혜 후보의 51.6%에 비해 근소한 표차인 48%나 획득한 것은 무엇 때문일까요?"

"그건 바로 야권 단일화 때문이었습니다. 야권 연대 전, 인기도 조사에서는 안철수 후보가 문재인 후보보다 항상 약간 앞서 있었습니다. 그러던 것이 투표일 직전에 성립된 야권 연대로, 갑자기 후보를 포기한 안철수 표가 문재인 후보 쪽으로 쏠린 결과입니다.

박근혜 후보는 그때도 역시 50%를 약간 상회하는 인기를 유지하고 있었으니까요."

"만약에 안철수 씨가 대통령 후보 사퇴를 하지 않았더라면 문재인 후보의 득표율은 어떻게 되었을까요?"

"기껏해야 25% 내외였을 것입니다."

"그럼 지금까지 말씀해 오신 것을 결론적으로 요약 좀 해주시겠습니까?"

"두 번에 걸쳐 집권 경험이 있는 민주당도 선진국들의 진보 정당들처럼 20년 전에 이미 용도 폐기해 버린 사회주의 또는 공산주의 이념과는 깨끗이 결별해야 합니다. 2007년 대선에 대패한 열린 우리당은 그때 이미 이것을 깨닫고 스스로 폐족廢族 선언을 하고 물러났으면 다시 구태를 되풀이하는 어리석음을 범하지 말았어야 했습니다.

그러기 위해서는 더 이상 종북 단체들이나 종북화되어 가는 정의구현사제단 등과 같은 이적단체들과는 냉철하게 연을 끊어야 합니다. 그리고 거듭 말하지만 선진국들의 진보 정당들처럼 우리나라 민주당도 오직 국리민복을 위하여, 민생을 위하여, 경제발전을 위하여 노동자 농민과 기업인들이 상부상조하는 사회를 만들기 위해서 보수당과 맞대결을 해야 합니다.

그러기 위해서는 지금까지의 잘못을 국민들 앞에 석고대죄하는 심정으로 그야말로 환골탈태換骨奪胎해야 합니다. 국민들이 민주당에 바라는 것은 오직 이것입니다.

부디 유권자들이 안심하고 정권 교체를 해줄 수 있도록 민주당은 전력투구하기 바랍니다. 좌파 10년을 겪고 나서 속았다고 자기 발등을 찍고 싶도록 분통을 터드리는 일이 다시는 되풀이되지 말아야 합니다."

선천시대와 후천시대의 차이

우창석 씨가 말했다.

"선생님 미래학자들의 말을 들어보면 후천시대가 곧 온다고 하는데 그게 사실일까요?"

"그건 오늘 아침 7시에 동산에서 뜬 해가 내일 아침 7시에도 다시 뜰 것이라는 것과 같이 확실하다고 보아도 됩니다."

"왜 그럴까요?"

"해와 달 그리고 지구와 같은 천체의 운행은 몇 천만년이나 수억년이 지나도 변함이 없으니까요."

"그럼 후천시대는 언제 옵니까?"

"후천시대는 선천시대가 끝나는, 지금으로부터 17년 후인 2030년에 온다고 미래학자들과 천문학자들은 말하고 있습니다."

"그러면 선천시대와 후천시대는 어떤 차이가 있습니까?"

"정확히 언제부터인지는 모르지만 지금 지구가 속해있는 태양계는 북극성을 중심으로 한 우리 은하계의 황도대黃道帶에 대하여 지축이 23.5도 기울어진 상태로 운항하고 있습니다.

그 때문에 남극과 북극에 얼음이 쌓여서 타원형으로 씰룩씰룩 매우 불안정 상태로 움직이고 있습니다. 그러한 지구가 근년 들어 점점 바로 서기 시작하여 지금부터 17년 뒤에는 아예 똑바로 서게 됩니다.

그렇게 되면 타원형이었던 지구는 완전한 구형이 되고 지금은 1년이 365일이지만 그때는 1년이 360일이 되고 봄, 여름, 가을, 겨울의 사계절이 여름과 겨울만 남고 봄과 가을은 점점 짧아지다가 아주 없어지게 됩니다.

그것을 입증이라도 하듯 근년 들어 실제로 봄과 가을은 점차 실종되어 가고 있습니다. 정감록鄭鑑錄, 격암유록格菴遺錄, 성경, 불경, 노스트라다무스 같은 예언서들은 이런 현상을 일컬어 천지개벽, 말운末運, 종말, 말세 등으로 표현하고 있습니다."

"그런데 선천시대에서 후천시대로의 전환기에는 전 지구적인 큰 환란이 일어난다고 하는데 그게 사실일까요?"

"그러한 지구적인 큰 격변은 지구가 생겨난 지 45억년을 지나는 동안 주기적으로 수없이 되풀이 되었던 것은 고생물학자, 지질학자, 천문학자의 연구로 널리 알려져 있습니다.

대체로 6480년에 한번씩 선천시대와 후천시대가 교체될 때마다 이러한 대격변이 반복되어 왔습니다. 그때마다 비딱하게 기울었던 지구가 똑바로 서면서 엄청난 재난이 발생하곤 해 왔습니다."

"구체적으로 어떤 재난이 닥쳐오게 됩니까?"

"23.5도로 기울어졌던 지구가 똑바로 설 때 북극과 남극의 극점이 수백 내지 수천 킬로미터씩 이동하면서 지구 내부의 용암, 즉 마그마가 요동치면서 여기저기서 지진과 화산 폭발이 일어나고 해일, 쓰나미, 태풍, 토네이도, 갑작스런 기후 변화, 홍수, 가뭄 등이 지구를 엄습하게 됩니다."

"그럼 앞으로 17년 안에 그런 일이 일어난다는 얘긴가요?"

"그렇습니다. 단지 위에 예거한 재난들이 한꺼번에 눈코 뜰 새 없이 잇달아 닥쳐오느냐 아니면 조금씩 조금씩 서서히 일어나느냐의 차이는 있을 수 있겠지만 미구에 지구상에 또 그러한 큰 변화가 일어나는 것은 이 우주에 특별한 변수가 없는 한, 아침에 해가 동산에 떠올랐다가 저녁에 서산에 지는 것과 같이 확실합니다.

누구나 다 알다시피 근년 들어 일본, 필리핀, 인도네시아, 태국, 미국, 방글라데시, 태평양 섬나라 등에는 이미 지진과 해일로 바다가 육지가 되는가 하면 육지가 바다로 변하고 토네이도로 마을과 소도시가 통째로 없어지는 일들이 일어나고 있습니다.

특히 일본에서는 지진과 쓰나미로 인한 후꾸시마 원전의 방사능 오염이 이웃 나라들에까지 큰 문제를 야기시키고 있습니다."

"그럼 우리 인류는 어떻게 해야 안전하게 이 지구상에서 살아남을 수 있을까요?"

"미래학자들은 지진과 해일 피해에서 벗어나려면 해안지대와 고층건물이 밀집한 도시와 원전原電을 피하고, 가뭄과 홍수로 인한 식량난 때 자연에서 비상 식량이라도 얻을 있는 농촌지대로 거주지를 옮기고, 산을 등진 곳을 피해야 폭우와 지진으로 인한 산사태의 피해를 면할 수 있다고 말합니다.

그러나 이와는 달리, 성경, 불경, 노스트라다무스 그리고 격암유록 같은 예언서들은 수행을 하여 마음이 바르고 자기 자신보다 이웃을 배려하는 바르고 착하고 지혜로운 사람들이 살아남는다고 합니다."

예언의 적중률

"그 말은 좀 이해가 안 되는데요. 지진, 화산 폭발, 해일, 폭풍이 일어 많은 사람들이 한꺼번에 재난을 당할 때 착하고 정직한 사람만이 선택적으로 살아남는다는 말이 현실적으로 가능한 일일까요?"

"그러나 특히 격암유록에는 말운末運에 어떤 사람들이 살아남을 수 있는지 아주 반복적으로 자세히 기록되어 있습니다. 격암유록을 쓴 격암格菴 남사고南師古는 조선조 중종 4년 1509년에 태어나 인종과 명종 대를 거쳐 선조 4년인 1571년 63세로 세상을 떠난 선도仙道수행자였습니다.

그가 예언을 한 기간은 임진왜란에서 일제강점기, 해방, 6.25를 거쳐 2030년까지 438년 동안입니다. 그는 임진왜란 때는 산속으로 피하고, 병자호란 때는 집안에 있으라 했고, 앞으로 닥쳐 올 격변기에는 선도수행을 한 바르고 착한 사람은 살아남는다고 예언했습니다. 그 대신 마음이 바르지 못하고 모질고 비뚤어지고, 사기를 일삼고 악한 짓을 한 사람들은 살아남지 못한다고 말했습니다."

"저는 그 점이 자연의 이치에 맞지 않는다고 봅니다."

"나는 이치에 맞는다고 보는데요."

"그 이유가 무엇입니까?"

"지나간 선천시대 6480년 동안에는 지구가 23.5도 비딱하게 기울어진 채 운항하여 왔습니다. 따라서 지구도 이리 삐뚤 저리 비뚤 이리 씰룩 저리 씰룩 자전과 공전을 계속해 왔지만, 지구상에 사는 사람들은 지구의 덩치가 워낙 크고 무겁기 때문에 그것을 오감으로 느끼지 못하고 살아왔을 뿐입니다.

사람의 감각기관은 너무 큰 소리도 지나치게 작은 소리도 듣지 못합니다. 그러나 지구의 불규칙적인 움직임은 뇌파에 일일이 다 기록되어 잠재의식에 저장되어 마음과 행동에 영향을 끼치게 되어 있습니다.

실례를 들어 설명하겠습니다. 울퉁불퉁한 비포장도로를 달리는 버스에 탄 장거리 승객은 버스가 이리 쏠리고 저리 쏠리든가 도로에 패인 웅덩이를 지날 때 널뛰듯 하다 보니 목적지에 도착하면 심신이 아예 파김치가 다 되어 버립니다.

그 때문에 마음도 안정을 찾지 못하고 법과 질서를 지키지 않든가 마음이 거칠어져서 거짓말을 하기도 하고 사기를 치기도 하고 삐딱한 마음을 먹게 되어 문제가 생겼을 때 타협을 할 줄 모르고 걸핏하면 전쟁과 갈등이 다반사가 되어왔습니다.

그러나 잘 포장된 고속도로를 달리는 버스를 타고 장거리 여행을 한 승객은 차가 전연 흔들리지 않으므로 마음은 늘 안정을 유지할 수 있습니다. 따라서 마음과 행동도 바르고 남을 배려할 줄도 알게 됩니다. 지구가 타원형일 때인 선천시대와 지구가 완전한 구형인 후천시대의 차이입니다.

선천시대에도 수련을 통하여 늘 마음을 바르고 착하게 먹고 행동해 온 사람은 환난을 당하여 7, 8년씩 계속되는 가뭄이 와도 단식과 생식으로 늘 단련이 되어 있으므로 그렇지 않은 사람들보다는 생존율이 높을 수밖에 없을 것입니다.

그뿐만 아니라 늘 마음공부를 하여 남을 배려하는 일이 몸에 밴 사람은 어떠한 어려움이 닥쳐와도 침착하게 사태를 수습할 수 있는 능력이 있으므로 생존율이 높아질 수밖에 없을 것입니다.

그리고 후천시대가 시작되어 타원형 지구가 완전한 구형이 되면 안정된 지구 환경에 알맞게 마음이 바르고 착하고 슬기로운 사람이 살아남아 그 변화된 환경에 적응할 확률이 많을 수밖에 없을 것입니다. 그래서 각종 예언서들은 이러한 새 세상을 극락, 천당, 무능도원, 서방세계가 찾아온다고 표현하고 있습니다."

남북통일

"그럼 8천만 우리 겨레가 꿈에도 그리는 남북통일은 언제쯤 달성될까요?"

"격암유록에는 2025년에 남북이 통일이 된다고 나와 있습니다. 그리고 격암유록이 지금까지 한 421년 동안의 예언은 하나도 틀리지 않고 다 적중했다고 합니다."

"그럼 2025년에 온다는 통일 예언도 적중한다고 보아도 될 수 있을까요?"

"그건 장담할 수 없습니다. 예언은 어디까지 예언이지 현실은 아니니까요. 예언은 건물의 설계도 같은 것입니다. 누구나 설계도만을 보고 그 건물 자체라고 말하지는 않으니까요. 건물은 짓는 동안에 돌발 변수가 발생하여 얼마든지 설계가 변동될 수도 있습니다."

"그럼 격암유록의 통일 예언의 적중률은 얼마나 되겠습니까?"

"반반이라고 보아야 할 것입니다."

"반반이라면 50% 적중률밖에는 인정할 수 없다는 말씀인가요? 지금까지 421년 동안 격암유록의 적중률은 100%라고 하시지 않았습니까?"

"그렇습니다. 그러나 그것은 어디까지나 과거를 놓고 보았을 때의 일이지 미래까지를 장담한 것은 아닙니다. 그래서 격암유록 예언대로 앞으로 12년 안에도 통일은 가능할 수도 있고 불가능할 수도 있고 어쩌면 12년 전에 있을 수도 있습니다. 그러나 조만간 통일이 오는 것만은 틀림이 없습니다."

"그리고 신약성경의 요한계시록이나 격암유록에는 다같이 후천시대에는 한국인들이 지구의 후천시대를 주도한다고 되어 있는데 어떻게 생각하십니까?"

"그건 우리나라가 지난 50년 동안 고금에 유례 없이 어떻게 역동성과 창조성을 발휘하여 산업화와 민주화를 성공시켜 왔는가를 되돌아보면 추론할 수 있는 일이라도 봅니다."

"그러나 23.5도 기울어진 지구가 바로 선 후에는 지구상에 무릉도원 같은 지상천국이 찾아온다는 말은 금시초문이라 하도 어리벙벙하여 실감이 나지 않습니다."

"후천시대가 되어 지구의 운항이 안정되면 만물만생이 선천시대와 같이 내가 살기 위해서 남을 죽여야 하는 험악한 생존경쟁에서 벗어나게 됩니다. 그렇게 되면 자연히 마음이 느긋해져서 서로가 서로를 돕는 환경이 조성될 것입니다.

따라서 선천시대에 남을 미워하고 원망했던 사람들도 서로 돕는 사이로 변하게 될 것입니다. 성격이 늘 삐딱하여 남을 헐뜯고 빈정대던 사람도 바르고 착하고 슬기롭고 정정당당하고 남에게 예의를 지키고 양보할 줄 아는 신사숙녀로 탈바꿈하게 될 것입니다.

이렇게 되면 우리가 사는 이 땅은 다시는 불화와 분쟁과 갈등과 전쟁이 없는 평화로운 낙원이 될 것입니다. 그러한 세계는 사람들이 상부상조하는 대조화의 천국과 같은 세계가 아니고 무엇이겠습니까?

천국과 무릉도원과 지상천국은 다른 것이 아니고 바로 이러한 조화의 세상을 말하는 것입니다. 바로 선 마음은 지옥도 천국으로 바꾸어 놓음으로써 지금까지와는 전연 다른 새로운 세계가 열리게 될 것입니다. 삼일신고三一神誥 제4장 세계훈에 보면 다음과 같은 구절이 보입니다.

'너희는 촘촘히 떠 있는 저 하늘의 별들을 보라. 그 수효가 끝이 없고 크고 작고 어둡고 괴롭고 즐거움이 다 같지 않으니라. 하느님께서 이 모든 누리를 지으시고 그 가운데 해 누리를 맡은 사자使者로 하여금 7백 누리를 거느리게 하시니, 너희가 사는 땅이 스스로 큰 듯이 보이나 작은 하나의 둥근 세계에 지나지 않으니라…'

여기서 '해 누리를 맡은 사자'란 태양계를 맡은 신을 말하는 것 같습니다. 어떤 천문학자는 우주에는 무수한 은하계가 존재하는데 우리 은하계에만 해도 지구와 같이 사람이 살 만한 환경을 갖춘 행성이 3억 개나 된다고 했습니다.

위에 나온 '해 누리를 맡은 사자'가 거느리게 했다는 7백 누리는 이들 3억 개의 행성들 중의 일부일 수도 있습니다. 그 중에는 선천시대를 겪고 있는 타원형의 행성도 있을 수 있고 후천시대가 막 시작된 후천시대의 구형의 행성도 있을 수 있을 것입니다."

"선생님, 그런데 삼일신고는 언제 누가 썼기에 현대 천문학자도 알 수 없는 그런 것을 알 수 있었을까요?"

"대전 연구단지에 근무하는 삼일신고만 전문적으로 연구하는 남녀 학자들로 구성된 연구 그룹의 견해에 따르면 삼일신고는 금대今代) 문명이 아닌 선대先代 문명이나 다른 천체 문명시대에 쓰여졌을 것이라고 말했습니다. 실례를 들면 금대 문명 바로 전의 아틀란티스, 무 대륙 또는 레무레아 대륙이 지구에 존재했던 선대 문명 등을 말합니다.

마음이 열리고 지혜로운 사람들은 어떤 악조건에서도 살아남을 수 있을 뿐만 아니라 지옥까지도 천국으로 바꿀 수 있습니다. 하물며 지구 환경이 시대 역전의 결과 천국으로 바뀌었는데 무엇이 문제이겠습니까?"

장성택의 처형

2013년 12월 13일

우창석 씨가 말했다.

"선생님, 요즘 북한에서는 김정은 다음의 2인자로 자타가 공인 되어 중국에서는 섭정왕으로까지 불리던 김의 고모부 장성택이 배역행위로 사형선고를 받자마자 기관총으로 공개 총살되었다고 합니다.

탈북자들이 종편에 나와서 하는 말을 들어보면, 많은 주민들을 현장에 소집해 놓고 사형수에게 기관총을 집중 사격하여 아예 형체를 날려버린다고 합니다. 이것을 목격하고 충격을 받은 사람 들은 보통 열흘씩 잠도 못자고 밥도 못 먹는다고 합니다. 동서고 금에 유례를 찾아볼 수 없는 끔찍한 공포정치가 아닐 수 없습니 다.

그 바람에 약 3만 명에 달하는 장성택의 인맥들에 대한 숙청 작업이 이미 시작되어 벌써 일부는 공개 처형이 집행되었다고 합니다.

민주화도 법치도 되지 않은 공산독재 국가에서는 늘 있어온 일이고, 김정은의 아버지 김정일도 자기의 작은 아버지 김성주를 숙청하면서 등장했고, 김일성 역시 박헌영 남로당파, 연안파, 소련파, 갑산파, 항일빨치산파 등 수많은 정적을 제거하는 피비린 내 나는 숙청 끝에 독재자가 되었으니 새삼스러울 것은 없다고 해도, 이로 인한 내외 파장이 적지 않을 것 같습니다. 어떻게 생각하십니까?"

"장성택은 김정일의 갑작스런 사망으로 겨우 2년밖에 후계 수업 기간도 거치지 못한 채 28세의 어린 나이에 갑자기 독재자가 된 김정은을 지난 2년 동안 후견인으로서 보살펴주어 오늘의 독재자로 키워놓았습니다.

젊은 혈기로 4차 핵무기 실험을 하려고 할때는 국제 제제로 초래할 난관보다는 중국식 시장경제를 도입하여 경제를 살려 굶어 죽어가는 주민들부터 살려놓고 보아야 한다고 설득하는 등 멘토의 역할을 톡톡히 해 온 그를 반역으로 몰아야할 정도로 부담스럽게 여겨 온 김정은이 이제 고모부를 토사구팽兎死狗烹 한 것입니다.

김정일과는 달리 후계 수업 기간도 2년밖에 안 되고 현장 정치 경험도 없고 나이도 어리고 철없이 고집만 세고 표독스러운 김정은이 잘못된 길을 가려고 할 때, 앞으로는 측근에서 그 누구도 장성택처럼 직언을 하면 언제 또 숙청될지 모르니 그의 말에 토를 달거나 이의를 제기할 사람은 없어지게 될 것입니다.

그야말로 유일 독재자가 된 김정은은 측근과 아내까지 의심하고 숙청을 되풀이하던 후삼국 시대의 궁예弓裔처럼 스스로 고립

되어 부하였던 왕건王建에게 쫓기어 도망치다가 주민들에게 발각
되어 매맞아 죽는 길을 걸을지도 모릅니다.

그가 등장한 2년 동안에 그의 창안으로 막대한 외화를 투입하
여 진행된 마식령 스키장, 원산 물놀이장, 롤러스케이트장 따위
는 신이 없어서 집새기를 신고 먹을 것이 없어 굶어 죽어가는
북한 주민들에게는 그림의 떡이고 지극히 비생산적인 시설들입
니다. 그저 제멋대로 스위스 유학 때 본 것들을 취향대로 만들어
보았을 뿐입니다.

철없는 아이에게 탄알이 장전된 총이 맡겨진 것처럼 위태로운
상황이 전개될 가능성이 큽니다. 천안함, 연평도 도발 이상의 불
장난을 일으켜 어쩌면 김씨 왕조의 종말이 예상보다 빨리 다가
올 수도 있습니다."

"그럼 통일이 의외에도 빨리 올수도 있다는 말씀입니까?"

"통일은 중국이 잔뜩 도사리고 있는 한 그렇게 쉽게 다가오지
는 않을 수도 있습니다. 내가 보기에는 통일은 중국보다는 오히
려 국내의 종북 이적 세력 때문에 더 늦어질 가능성이 있습니
다."

"왜 그렇게 생각하십니까?"

"우리와 비슷한 분단을 겪은 서독은 이미 통독 전에 서독 내에
서 동독의 지령을 받는 이적단체들을 말끔히 해산시켜버렸는데
도 우리는 아직도 종북 이적단체를 해산시키는커녕 그들을 해산
시키는 문제를 놓고 여야간에 합의조차 보지 못하고 국회에서

말싸움만 되풀이하고 있습니다.

게다가 종북 국회의원들에게는 국민의 세금으로 또박또박 세비가 나가고 이적단체들에게는 단체 운영비까지 지급되고 있습니다."

"아니 조선朝鮮 시대보다도 더 혹독한, 민주화도 산업화도 안된 공산 세습왕조를 한국의 종북 이적 세력은 무엇이 좋다고 그렇게도 악착같이 추종하려고 할까요? 그렇게 북한이 좋다면 그들을 배에 실어 몽땅 북한으로 아예 다 보내 버리는 것이 어떨까요?"

"만약 한국 정부가 그렇게 나온다면 그들은 펄쩍 뛰면서 결사반대할 것입니다. 종북 이적단체의 간부들 중 지금껏 자기의 자녀를 북한에 유학 보낸 일은 단 한 건도 없지만 미국에는 숱하게 유학을 보내는 것만 보아도 알 수 있는 일입니다."

"그럼, 이런 때 우리는 어떻게 해야 될까요?"

"북한이 자중지란(自中之亂)의 위기에 처할 때 국내의 종북 세력들에게 과거에도 그랬던 것처럼 무슨 긴급 지령을 내려 총파업과 같은 엉뚱한 난동을 벌일지 모릅니다. 이럴 때는 국내가 먼저 안정되고 일치단합되어 있어야 합니다.

그래야 북한 정세가 어떻게 돌변하더라도 우리 군과 정부는 마음놓고 유연하게 대처할 수 있게 될 것입니다."

"그러자면 우리도 서독처럼 종북 이적단체들을 이번 기회에 아예 싹 해산시켜 버리는 특단의 조치를 취해야 하는 거 아닙니까?"

　"당연히 그래야 합니다. 우리가 이럴 때일수록 일사불란하게 움직여야 미국과 중국도 감히 우리의 어깨 너머로 한반도 문제를 놓고, 1905년에 미국과 일본이 대한제국을 사이좋게 갈라먹었던 것처럼, 치욕적이고도 참을 수 없는 엉뚱한 흥정을 벌이는 일이 다시금 되풀이되는 일이 없어지게 될 것입니다.

　그리고 우리는 여기서 한발 더 나아가 1988년에 서독이 이적단체들을 말끔히 청소하고 나서 미국과 손잡고, 통독을 결사반대하는 영국과 프랑스를 끈질기게 설득하여 끝내 통독을 성취한 성공 사례를 꼭 타산지석으로 삼아야 할 것입니다."

짜증나고 초조할 때

우창석 씨가 말했다.

"선생님, 일상생활에서 이렇다 할 이유도 없이 짜증나고 초조할 때는 어떻게 해야 합니까?"

"그런 일이 일어날 때마다 우창석 씨는 지금껏 어떻게 해 왔습니까?"

"그냥 제 능력껏 참아왔습니다. 참으면서 어느 정도 시간이 흐르면 짜증도 초조함도 조금씩 사그라졌습니다."

"그렇다면 앞으로도 그렇게 하면 될 텐데 왜 나한테 새삼스레 그런 질문을 하십니까?"

"그렇게 하는 것이 어쩐지 구도자로서는 비능율적이라는 생각이 들었기 때문입니다."

"짜증나고 초조할 때 그냥 참기만 하는 것은 장거리 여행자가 두 발로 걸어가기만을 고집하는 것과 같습니다."

"그럼 어떻게 해야 합니까?"

"관觀을 해야 합니다. 짜증나고 초조할 때도 관을 하는 것은 장거리 여행자가 걷기만을 고집하는 대신에 자동차를 이용하는 것과 같습니다. 왜냐하면 수행자가 짜증나고 초조할 때 바로 그 사

93

실 자체를 관하는 것은 걷기 대신에 자동차를 타는 것과 같이 아주 능률적이기 때문입니다.

따라서 짜증나고 초조할 때는 그냥 참기만하는 것은 아주 원시적인 방법입니다. 구도자가 되었으면 적어도 관觀을 일상생활화할 줄 알아야 합니다."

"그럴 때 관을 한다는 것은 구체적으로 어떻게 하는 것을 말하는 겁니까?"

"인생을 살아가는 데 있어서 당장 해결이 되지 않는 문제에 봉착할 때마다 그 문제를 마음으로 유심히 관찰하는 것을 말합니다."

"그럼 절친한 친구가 갑자기 교통사고로 죽어서 몹시 슬플 때도 그 슬픔을 관하면 됩니까?"

"물론입니다."

"그럼 까닭 없이 우울할 때도 그것을 관하기만 하면 됩니까?"

"그렇고 말고요."

"그럼 관만 하면 모든 문제가 다 해결된다는 말씀입니까?"

"그렇다니까요. 내 말에 의심이 나면 바로 이 자리에서 우창석씨 자신이 지금 당장 짜증나고 초조한 자신의 마음을 관해보세요. 관하되 일체의 사욕을 버리고 마음을 깨끗이 비워야 합니다."

"그렇게 하겠습니다."

이렇게 말하면서 그는 금방 가부좌를 틀고 관을 하기 시작했다. 30분쯤 지난 뒤에 그는 입을 열어 말했다.

"제 자신을 만인이 볼 수 있는 객관적인 도마 위에 올려놓고 요리저리 자세히 살펴보고 있자니까 무엇보다도 먼저 제 마음이 저도 모르게 차분하게 가라앉으면서 편안해졌습니다."

"일차적으로 성공한 겁니다."

"그럼, 이차적인 성과도 있습니까?"

"그렇고 말고요. 마음이 일단 편안해진 뒤에도 계속 관을 하면 서서히 지혜가 피어오르게 될 것입니다. 이번에도 우창석 씨 자신이 실험을 해보세요."

그는 다시 관을 하기 시작했다. 한 30분 후에 그는 눈을 뜨고 말했다.

"짜증과 초조가 아무 실체도 없는 뜬 구름이나 한줄기 바람 같은 허망한 것임을 알게 되었습니다. 그리고 그 다음에는 짜증과 초조는 이기심의 산물이라는 것도 알게 되었습니다. 내가 항상 마음을 비우고 있었다면 짜증과 초조 같은 것이 붙을 자리도 없었을 텐데 하는 느낌이 들었습니다."

"그처럼 관이야말로 만병통치약이요 어떠한 난관도 돌파할 수 있는 방편이라는 것을 알아야 합니다. 그뿐만 아니라 깨달음의 길을 이끌어주는 유도등이기도 합니다.

아니 깨달음 그 자체이기도 합니다. 희구애노탐염喜懼哀怒貪厭과 탐진치貪瞋癡가 다 일시적으로 해를 가리는 안개와 구름에 지나지 않는다는 것도 자연히 알게 해 줍니다. 거기서도 계속 관을 하면 짜증과 초조가 모두 다 어리석음과 사욕과 이기심의 산물이라는 것을 깨닫게 될 것입니다."

"거기서도 멈추지 않고 계속 관을 하면 어떠한 경지가 열리게 될까요?"

"인간의 희로애락 일체가 다 사욕이나 이기심 때문에 일어나는 무지개 같은 무상한 것임을 스스로 알게 될 것입니다. 또 우리는 어떤 사람과 분쟁이 생겼을 때 나 자신보다도 상대를 먼저 생각하면 뜻밖에도 문제가 빨리 해결된다는 것을 알게 될 것입니다."

"그 이유가 무엇일까요?"

우아일체宇我一體

"그 이유를 놓고 계속 관을 해 보면 이 우주에는 애초부터 너와 내가 따로 떨어져 있지 않은 하나였다는 것을 알게 됩니다. 바로 이 때문에 둘 사이에 '내'가 개입되지 않으면 만사가 다 원만하게 해결되게 되어 있다는 것도 자연히 깨닫게 될 것입니다."

"이 우주에는 처음부터 너와 내가 따로 떨어져 있었던 것이 아니라는 것을 알고 나서도 나라는 존재의 실상이 무엇일까를 화두로 삼아 계속 관을 하면 어떻게 될까요?"

"그건 우창석 씨가 직접 해 보면 알게 될 것입니다."

"알겠습니다."

이렇게 말하면서 그는 관을 하기 시작했다. 30분 후에 그는 눈을 뜨고 말했다.

"나라는 존재는 결국 이 우주와 삼라만상을 주관하는 우주의 일부에 지나지 않는다는 것을 알게 되었습니다."

"또 인간을 포함한 삼라만상은 우주의식의 나툼이라는 것을 깨닫게 될 것입니다."

"그럼, 우주의식은 무엇입니까?"

"우리가 속한 일정한 공간과 시간을 창조하고 지배하고 관리하는 주체를 말합니다. 천부경이 말하는 하나입니다. 시작 없는 하

97

나에서 시작되어 삼라만상으로 변했다가도 그 중심은 늘 변함 없는, 쓰임은 변해도 본바탕이 변하지 않는 그러한 끝없는 하나입니다."

"삼라만상의 본바탕을 말씀하시는군요."

"그렇습니다. 우리 조상님들은 그러한 존재를 하나님 또는 하느님이라고 존칭을 붙였습니다. 내가 말하는 우주의식은 바로 그것을 말합니다. 따라서 그 우주의식이 주관하는 시공 속에 들어와 있는 우리들 각자는 숙명적으로 그 우주의 한 부분이요 그것을 주관하는 우주의식의 한 부분입니다. 다시 말해서 우리들 각자는 우주의식의 한 분신일 수밖에 없게 되어 있습니다.

그런데 그 우주의식인 하느님은 이 우주에서 무슨 일이든지 할 수 있는 무소불위無所不爲하고, 이 우주 어디에도 없는 데가 없는 무소부재無所不在한 존재와는 동일한 존재임을 우리는 수행을 통해서 알아낼 수 있습니다.

다시 말해서 인간은 알고 보면 궁극적으로는 하느님과는 떨어질래야 떨어질 수 없는 한 몸이라는 사실입니다."

"그러나 선생님, 실제로는 지구상의 우리 인간만해도 개성이 다른 60억이라는 개체들로 이루어져 있지 않습니까?"

"사실입니다. 그러나 우리가 속한 우주의 삼라만상 역시 우주의식의 나툼이라는 사실을 알아야 합니다. 그것을 인정하지 못하면 내 말을 이해할 수 없을 것입니다."

"나툼이 무슨 뜻입니까?"

"나타남 즉 현현顯現이라는 뜻입니다."

"그러니까 우리 눈에 보이는 모든 것이 다 우주의식인 하느님을 나타낸다는 말씀입니까?"

"그렇습니다. 우리 눈에 보이는 것뿐만 아니라 우리의 오감으로 느낄 수 있는 모든 것과 우리의 오감으로 인지할 수 없는 일체가 다 하느님의 나툼입니다. 다시 말해서 사람은 영혼과 육체로 이루어져 있는데 육체는 우리의 눈에 보이지만 영혼은 영안靈眼이 열리지 않는 사람은 볼 수 없습니다.

인간의 영혼과 육체뿐만 아니라 인간 이외의 만생만물이 모두 다 하느님의 나툼입니다. 전체이면서 하나이고 하나이면서 전체입니다. 모든 존재는 시공을 초월해 있으므로 먼지 알갱이 하나 속에도 우주가 들어있습니다. 개체 속에 전체가 들어있고 전체 속에 개체가 다 들어 있습니다."

"선생님, 그것이 바로 우아일체宇我一體의 경지요, 신아일치神我一致의 경지가 아닙니까?"

"맞습니다. 그러나 바로 그 우아일체와 신아일치를 직감으로 체득해야지 논리의 힘이나 사고(思考)의 힘으로 알아보았자 헛일입니다."

"어떻게 해야 우아일체와 신아일치를 직감으로 체득할 수 있겠습니까?"

"이분법적二分法的 흑백논리黑白論理에서 벗어나야 합니다."

"그러자면 어떻게 해야 합니까?"

"역시 관觀의 힘을 이용하는 수밖에 없습니다."

"생사일여生死一如 역시 관의 힘으로 알아낼 수 있을까요?"

"물론입니다."

분구필합分久必合

"그런데 선생님, 그 관의 힘을 수련뿐만 아니라 세속 문제에도 이용할 수 있을까요?"

"세속 문제라면 그 범위가 너무 넓습니다. 그러나 전문지식을 필요로 하는 것만 아니라면 세상 돌아가는 추세 정도는 집어낼 수 있습니다."

"북한의 김정은이 친고모부 장성택을 기관총 90발과 화염방사기로 이조시대의 능지처참에 해당되는 끔찍한 처형을 한 사건을 놓고 요즘 세상이 발칵 뒤집혀 있는데, 이제 북한은 앞으로 어떻게 될 것 같습니까?"

"지금까지 그나마 북한 경제를 최소한으로 지탱해오던 김정은의 후견인이고 북한 제일의 경제통이며 중국통인 장성택이 처조카의 손에 저렇게 갑자기 학살당했으니, 김정은이 핵을 포기하고 시장경제를 도입하지 않는 한 북한은 경제난과 탈북사태로 조만간에 구 소련이나 동독처럼 자멸해 버리지 않을 수 없게 될 것입니다."

"장성택 학살과 경제난으로 악화된 민심을 달래기 위해서 천안함 폭침이나 연평도 포격 같은 도발을 또 감행하지는 않을까요?"

"북한이 그런 짓을 하면 그전과 같은 중국의 전폭적인 지지를 잃어버린 지금은 한미연합군의 응징으로 김씨 왕조의 붕괴만 가일층 촉진시키게 될 것입니다."

"그렇다면 이러나저러나 우리 민족이 그처럼 오매불망 그리던 통일은 눈앞에 다가왔다는 얘기가 아닙니까?"

"오래 떨어져 있으면 반드시 합치게 된다는 격언이 있는데, 분구필합分久必合이라는 사자성어가 그것입니다. 이제는 슬슬 남북이 합칠 때도 코앞에 다가온 것 같습니다."

"남사고南師古 선생의 격암유록格菴遺錄에 나온 대로 하늘은 '남선南鮮'의 손을 들어준 것이 틀림없는 것 같습니다.

격암유록에는 '불사영생不死永生의 선도仙道가 창성하는 때가 올 것이다'라는 말도 나옵니다."

"그 말이 신빙성이 있습니까?"

"격암유록에는 1592년에 일어난 임진왜란부터 2030년까지 438년 동안이 예언되어 있습니다. 2030년이 되면 이 세상은 무릉도원이 된다고 했습니다."

"무릉도원이 뭡니까?"

"극락, 천당, 열반, 천국을 의미합니다. 그때가 되면 사람들은 누구나 마음이 바르고 착하고 지혜로워져서 상부상조하므로 이전처럼 전쟁과 다툼과 분쟁과 알력이 일체 사라져서 평화로운 세계가 온다고 했습니다.

그런데 이 2030년이라는 해가 지구상의 모든 천문학자와 미래학자가 이구동성으로 예언하는 의미심장한 해입니다."

"어떤 해인데요?"

"지금부터 6480년 전부터 지구가 황도대黃道帶에 대하여 23.5도 기울어져 운행하던 선천시대가 끝나고 후천시대가 열리는 해가 바로 2030년입니다. 이 해부터 지구는 1년 365일이 360일이 되어 타원형에서 정구형이 되고 봄과 가을이 없어지고 여름과 겨울만 남게 됩니다. 벌써 봄과 가을은 눈에 띄게 짧아지고 있지 않습니까?

금년이 2013년이니까 앞으로 17년 동안에 23.5도 기울어졌던 지축이 바로 서면서 남북극의 얼음이 녹아내리고 지진, 해일, 쓰나미, 폭풍, 가뭄, 홍수, 토네이도 등으로 대격변을 겪게 된다고 합니다.

미래학자들은 이러한 지구 대격변 시기에 살아남으려면 해안지대, 원전 근처, 고층빌딩이 밀집된 대도시를 피하여 농촌으로 가야 안전하게 살아남을 수 있다고 합니다.

그러나 격암유록은 선도 수련을 생활화하여 마음이 바르고 착하고 슬기로운 사람만이 살아남는다고 말합니다. 그 이유는 지구가 바로 섬으로써 마음이 바른 사람이 살기좋은 여건이 형성되기 때문입니다. 격암유록은 삼인일석三人一夕이란 암호 같은 말로 선도수련을 표현했습니다."

"삼인일석이 무슨 뜻입니까?"

"수행할 수자修를 파자破字한 것입니다. 그러니까 이 말이 신빙성이 있는지 없는지는 앞으로 얼마 남지 않은 17년이 지나는 사이에 입증될 것입니다."

"격암유록에는 남북통일이 언제 된다고 했습니까?"

"2025년에 된다고 했습니다."

"그럼 아직도 12년이나 남았다는 얘기인가요?"

"그렇습니다. 그러나 68년 동안이나 기다렸는데 12년은 못 기다리겠습니까? 그러나 어디까지나 예언입니다. 북의 도발에 우리가 어떻게 대응하느냐에 따라 앞으로 몇 년 안에라도 통일은 앞당겨질지도 모르는 일입니다."

"그럼 북의 도발에 구체적으로 어떻게 대응해야 할까요?"

"우리는 6.25를 비롯한 북의 도발에 대하여 한번도, 이스라엘식으로 강력하게 응징하지 못했습니다. 앞으로 우리도 눈에는 눈, 이에는 이 식으로 대처한다면 통일은 크게 앞당겨질 것입니다."

"실례를 들어서 말씀해 주시겠습니까?"

"이스라엘 식으로 대응해다면 영변 핵시설은 1994년에 벌써 폭격으로 없애버렸을 것입니다. 그러나 그때 미국이 영변 핵시설을 폭파시키려고 하자 김영삼 대통령이 한반도에서 핵전쟁은 안 된다고 결사반대했고, 카터가 남북 정상 사이의 중재에 나서는 바람에 중단되었습니다.

만약 김영삼 대통령이 반대만 하지 않았더라도 북한 핵은 그때 이미 해결되었을 것이고 통일도 1990년대에 달성되었을 것입니다. 최근에야 김영삼 전 대통령은 그때 영변 핵시설 폭격을 반대한 것을 후회한다고 솔직히 시인했습니다.

　이스라엘은 이란과 이락이 핵시설을 하자마자 공중폭격으로 싹 쓸어버렸습니다. 그렇다고 해서 이란과 이락이 이스라엘에 보복을 하지도 못했습니다."

　"왜 그랬죠?"

야윈 늑대

"야윈 늑대를 살찐 돼지가 이길 수 없었기 때문입니다."

"아니, 그럼 이스라엘이 야윈 늑대고 아랍국가들이 살찐 돼지라는 말씀입니까?"

"그렇다고 볼 수 있습니다. 그러니까 인구 700만의 이스라엘이 인구 2억의 아랍 여러 나라에 포위되어 있으면서도 이집트, 시리아, 요르단, 팔레스타인 등과의 여러 차례의 전쟁에서 이스라엘은 단 한번도 지지 않고 내내 이기기만 해 왔던 것입니다.

그러나 한국은 이승만 박정희 대통령 치하에서 건국과 육이오 전쟁 그리고 산업화를 성취시키는 약 30년 동안에는 이스라엘과 비슷한 투지만만한 야윈 늑대였으나, 신군부와 김영삼, 김대중, 노무현, 이명박 대통령을 거치는 동안 안보는 미국에 맡겨놓고 종북 주사파의 창궐을 용납하는 통에 북한의 도발에 대한 투지는 점점 약화되어, 마침내 천안함 폭침과 연평도 포격을 당하고도 하늘이 준 그 절호의 응징의 기회를 놓쳐버린 살찐 돼지가 되어버리고 말았습니다."

"그렇다면 지금이라도 북한이 도발하면 가차없이 이스라엘처럼 보복을 해야 된다는 말씀입니까?"

"그렇습니다. 김관진 국방장관이 일전에 북한이 한국을 공격할 명백한 징후가 포착되면 가차없이 선제공격을 가할 것이라고 말했습니다. 그러자 북한이 발칵 화를 내면서 말로만 반격을 했을 뿐 그 후 아무 일도 없었습니다."

"북한이 한국을 공격하기 직전에 그 징후를 과연 탐지해낼 수 있을까요?"

"있구 말구요. 지금은 비록 미군의 정보 지원을 받고 있지만 몇 해 후면 한국 단독으로도 그런 정보를 수집할 수 있는 인공위성 및 무인정찰기 등 첨단 장비를 구입함으로써 그만한 정보 능력을 갖출 수 있게 될 것입니다.

그렇게 되면 국군은 북한의 핵미사일, 장사정포들이 우리를 공격하기 전에 능히 제압할 수 있는 능력을 갖추게 될 것입니다."

"우리에게 과연 그런 능력이 있는지 의문입니다."

"우리의 공군력과 해군력은 잠수함만 빼고는 북한에 비하여 압도적이고 첨단화되어 있습니다. 북한의 미사일과 장사정포와 잠수함에 대한 보복력도 계속 증강되고 있습니다. 무기와 장비는 우리가 북한보다 훨씬 더 첨단화되어 있습니다.

문제는 여윈 늑대와 같은 투지를 발휘할 수 있느냐입니다. 이 투지를 새롭게 불붙이고 국내의 종북 이적단체들만 왕년에 서독이 그랬던 것처럼 완전히 해산시켜 버린다면 승산은 분명히 우리 쪽에 있습니다."

"그러나 통일은 중국 변수가 좌우할 것이라고 말하는 사람들도 있지 않습니까?"

"중국을 겁낼 필요는 없습니다."

"왜죠?"

"우리의 통일 의지가 얼마나 강한가에 달려있기 때문입니다. 신라는 당과 동맹을 맺고 백제와 고구려를 차례로 쓰러뜨렸습니다. 그러자 당은 생각이 달라졌고, 신라와의 약속을 어기고 백제와 고구려의 옛땅과 백성을 통째로 먹어 치우려고 했습니다.

그러나 이때를 위하여 미리 충분한 대비를 해왔던 신라는 당과의 2차에 걸친 큰 전투에서 당당하게 승리를 거두어 다시는 그런 엉뚱한 야심을 품지 못하게 만들었습니다."

"요컨대 우리의 국토 수호 의지가 문제군요."

"정확합니다."

대선 불복 투쟁

2013년 12월 19일

우창석 씨가 말했다.

"선생님, 박근혜 대통령이 작년 대선에서 문재인 후보의 48%에 비해 51.6%의 득표율로 당선된 지도 어느덧 만 1년이 되었습니다. 민주당은 박근혜 대통령 시정 1년은 국민들과의 소통부재, 민생실종, 정치실종 등 총체적 실패의 한 해였다고 비난했는데 선생님께서는 어떻게 생각하십니까?"

"나는 박근혜 대통령이나 새누리당 하고는 아무런 인연도 없는 무색투명한 일개 야인이지만 박근혜 대통령 시정 1년에 대한 민주당의 평가에는 동의할 수 없습니다."

"왜요?"

"박근혜 대통령은 그동안 미국, 중국, 프랑스, 영국, 러시아를 방문하여 우리나라 역대 어느 대통령들보다도 두드러진 외교적 성과를 올린 것은 국내외가 다 아는 일입니다. 특히 영어, 중국어, 프랑스어를 유창하게 구사하여 해당 국민들의 호감을 사는 등 전에 없는 업적을 쌓았습니다.

그리고 노태우, 김영삼, 김대중, 노무현, 이명박 등 그 어느 대통령도 해결하지 못한 전두환 전 대통령의 비자금 추징금을 끝내 해결하고야 말았습니다.

그뿐 아니라 대북 관계에서 지금까지 내내 대한민국을 자기네 속방이나 조공국인 양 한수 내려다보는 못된 버릇에 길들여져 온 북한의 되지 못한 오만한 콧대를 일거에 꺾어버림으로써 글로벌 기준에 맞은 원칙에 바탕을 둔 신뢰 프로세스를 꾸준히 실천하고 있습니다.

입은 삐뚜러져도 말은 바른 대로 하랬다고 이런 외교 안보상의 성과들을 일체 무시하고 총체적 실패라고 비난만 것은 양식 있는 사람이라면 누구도 승인할 수 없는 일입니다."

"그런데도 불구하고 민주당이 그런 주장을 하는 것은 무엇 때문일까요?"

"그것은 친노 강경파를 주축으로 한 민주당이 2012년 12월 19일의 대선 결과에 처음부터 불복하여 지금도 득표율 48%의 문재인 후보가 대통령이라고 속으로는 생각하고 있기 때문입니다.

솔직히 말해서 그 48% 중 25% 이상은 대선 투표 직전에 야권 단일화로 후보를 사퇴한 안철수 표가 아닙니까?

그런데도 불구하고 지난 1년 동안 시종일관 대선 불복의 기치를 내걸고 민주당은 그야말로 가열찬 대선 불복 투쟁을 전개하여 왔습니다. 바로 그 대선 거부 투쟁의 꼬투리를 삼아 온 것이 국정원 무력화의 일환으로 채택한 국정원 대선 개입과 댓글 문제입니다."

"그럼 국정원을 무력화시킴으로써 민주당은 무슨 이득이 있을 까요?"

"국정원을 무력화시키면 종북 세력과 간첩들의 활동이 쉬워질 뿐 아니고 국가보안법을 무효화시키는 길을 열 수 있게 될 것입 니다."

"국가보안법을 무효화시킨 다음에는 어떻게 하겠다는 것일까 요?"

"미군 철수를 주장할 수 있는 길을 쉽게 열 수 있을 것입니다."

"그것은 한국을 적화 통일하기 위해서 북한과 종북 세력들이 시종일관 주장하여 온 노선이 아닙니까? 그리고 그것은 또한 대 선 불복 투쟁과도 연결되는 것이 아닙니까?"

"누가 아니랍니까? 그래서 모처럼 열린 박근혜 대통령, 황우여 새누리당 대표, 김한길 민주당 대표의 국회에서의 3자 회담시에 도 김한길 총무는 박대통령에게 시종일관 국정원의 대선 개입으 로 인한 부정선거를 사과하라고 촉구한 것입니다.

이에 대하여 박대통령은 지난 대선 기간에 국정원은 이명박 대통령 장악 하에 있었고, 국정원의 대선 개입 여부는 지금 재판 이 진행 중이므로 그 결과가 나오기도 전에 사과부터 할 수는 없다고 대답했고 여기서 대화는 사실상 중단되었습니다. 이것을 민주당은 소통부재라고 하는 것 같습니다.

내가 보기에는 이건 민주당의 억지입니다. 왜냐하면 대통령 선 거의 당락은 전 세계적으로 일단 선포되고 나면 번복되는 일은 거의 없기 때문입니다.

미국 대선에서 부시와 고어가 라이벌이었을 때 처음 개표에서는 부시의 당선이 선포되었습니다. 그러나 고어가 이의를 제기하여 재검표가 시작되었고 그 결과 고어가 당선된 것으로 판명이 났습니다.

그러나 고어는 재검표 결과를 안 것만으로 만족했을 뿐, 자기가 대통령이니 당선은 번복되어야 한다고 주장하지는 않았습니다. 따라서 대선불복 같은 것은 없었습니다."

"그 이유가 무엇입니까요?"

"당선 번복으로 야기되는 국가적인 혼란을 원치 않았기 때문이었습니다. 요컨대 고어는 대통령이 되기보다는 한 사람의 평범한 애국자가 되는 쪽을 택한 것입니다. 미국이 그래도 초강대국 지위를 계속 유지할 수 있는 것은 고어 같은 사람들이 국가를 떠받히고 있기 때문입니다.

민주당은 또 지난 대선을 자유당의 3.15 부정 선거와 맞먹는다고 선전하지만 그것을 시인하는 국민이 과연 몇 명이나 될까요?

내가 보기에는 3.15 부정 선거는 오히려 노무현, 이회창 후보가 대결했던 16대 대선과 비슷하지 않나 생각합니다."

"그때는 어떻게 되었죠?"

"그때야 말로 민주당을 위하여 희대의 사기꾼 김대업이 이회창후보의 아들이 병역에 부정이 있었다고 표결 직전에 폭로함으로써 이회창 후보를 낙선시키는 데 결정적인 기여를 했습니다.

그러나 막상 선거 후에 관계 당국의 조사 결과 몽땅 다 사기요 협작이었음이 판명되었습니다. 민주당이 추호라도 양심이 있었다면 그때 국민 앞에 솔직하게 잘못을 사과했어야 합니다. 그러나 사과는 끝내 없었습니다.

그렇게는 하지 못했을망정 민주당은 지난 대선에서는 선거관리위원회가 선거 결과를 발표했을 때 문재인 후보까지도 패배를 시인하여 놓고 나서, 사내답지 못하게 지금 와서는 부정선거라면서 박근혜 대통령에게 사과를 요구함으로써 후안무치하게도 대선불복 투쟁을 강행하고 있습니다. 그것도 모자라 벌써부터 다음 대선에 또 출마하겠다고 하니, 떡줄 놈은 생각도 않는데 김치국부터 마시는 격이 아닐 수 없습니다.

그래서 그런지 모르지만 요즘 민주당의 인기는 계속 하향 곡선을 긋고 있어서 새누리당의 40%의 반도 못 되는 10% 대로서 아직 태어나지도 않은 안철수 신당의 3분의 1밖에 안됩니다.

한편 박근혜 대통령이 복지, 경제 활성화 등 각종 공약을 실천하기 위해서 국회에 제출한 법안들은 국회 선진화법에 따라 민주당의 동의가 없어서 단 한건도 통과되지 못했습니다.

그래서 박근혜 대통령이 의욕적으로 해보려던 공약 사업은 야당의 방해로 사실상 무산되었습니다. 그래 놓고는 민생실종이라고 비난하는 것은 적반하장입니다."

"바로 그 국회 선진화법은 작년에 황우여 대표를 위시한 새누리당의 발의로 입법화된 것이 아닙니까?"

"그렇습니다. 한치 앞을 내다보지 못하는 석두石頭요 근시안近視眼들인, 실실 웃기만 잘하는 결단력도 단호함도 없는, 연체동물 같은 흐믈흐믈한 황우여 대표를 비롯한 새누리당 의원들은 자기네의 어리석음이 1년 내내 박근혜 대통령의 발목을 잡아 온 것에 대하여 책임을 통감하고 하루속히 현실적인 대책을 강구하여야 합니다."

"그렇지 않아도 새누리당은 민주주의의 바탕인 다수결로 부정한 국회 선지화법 폐지를 야당에 제의했지만 일언지하에 거절당하지 않았습니까? 따라서 현 국회에서는 해결이 불가능한 일이고, 다음 선거 때 국민이 투표로 해결하는 수밖에 없게 되지 않았습니까?"

"그렇습니다."

"그건 그렇구요. 민주당은 박근혜 대통령 시정 1년을 소통부재, 민생실종, 정치실종으로 인한 총체적 실패라고 폄하했습니다. 곰곰이 생각해 보면 민주당이 자초한 것도 있지만 박근혜 대통령의 잘못도 있지 않나 하는 생각이 듭니다.

9층석탑 九層石塔

박 대통령은 후보 때 대통합과 화해를 여러 번 강조했지만 인재 등용에서 그것이 실현되지 않았습니다. 더구나 윤창중 대변인의 발탁을 위시하여 인사 처리에서 약점을 노출시켰습니다.

역사상 최초의 흑인 대통령인 넬슨 만델라 남아공 대통령은 당선되자마자, 제일 처음 찾은 사람이 누군지 아십니까? 바로 자기에게 사형을 구형한 백인 검사였습니다. 그는 대통합만이 남아공의 살길이라면서 흑백 통합을 철저하게 실천했습니다.

그러나 통합과 화해를 공약한 박대통령은 자기에게 표를 제일 적게 찍은 호남에서 유능한 인재를 많이 등용하지 않음으로써 자신의 대통합 공약을 실천하는 데 소홀했습니다.

서기 643년 선덕여왕 12년, 신라의 동맹국인 당나라 임금인 태종은 다음과 같은 모욕적인 발언을 했습니다.

"신라는 여자를 왕으로 삼아 이웃나라의 업심여김을 당하고 있다. 내가 종친 한 사람을 보내어 신라의 왕으로 삼되, 그 스스로 임금 노릇하기가 어려울 것이니 마땅히 군대를 보내어 호위하게 할 것이다."

이때 신라는 고구려와 백제의 협공을 받아 대야성을 비롯한 40여 개 성을 빼앗기는 절체절명의 위기에 처해 있었습니다. 설상가

상으로 동맹국의 국왕인 당태종이 퇴위론까지 들고 나오자 신라 내부에서도 이에 대한 시비가 분분했습니다. 선덕여왕으로서는 만만찮은 경색국면이 아닐 수 없었고, 비상한 극적인 반전이 없는 한 돌파구가 보이지 않았습니다. 이때 그녀는 어떻게 이 난국을 헤쳐 나갔을까요?

선덕여왕은 이때 당나라에 유학중이던 자장법사를 불러들여 의론했습니다. 자장법사는 신라와 같이 산세가 험한 경우엔 9층탑을 세우면 아홉나라가 조공하여 왕업이 길이 태평할 것이라고 건의했습니다.

당시 동아시아에서는 비보(裨補) 풍수사상이 요즘의 첨단과학이라도 되는 양 크게 유행했습니다. 비보란 산수로 모자라는 기운을 보완하는 것을 말하는데, 9층석탑은 바로 그 비보의 방편이었습니다.

선덕여왕은 그의 제안을 받아들이기로 했습니다. 그런데 이 탑을 조성하는 공사의 총감독은 여왕의 퇴위론에 동조하는 김춘추, 김유신 세력에 속한 사람이었습니다. 그가 누군고 하니 바로 김춘추의 아버지 김용춘이었습니다. 말하자면 반대세력을 포용한 것입니다.

그뿐만 아니라 건축기술 총책임자인 도편수로는 적대국인 백제의 명장名匠 아비지를 초빙해 오기로 했습니다. 말하자면 적국의 문화와 기술을 기피하는 대신 능동적으로 수용한 것입니다. 신라의 초청을 받고 이적행위가 아닌가 고심하던 아비지도 모험을 택하여 신라의 초청에 응하기로 했습니다.

삼국유사에 따르면 이 9층석탑이 조성되면 1층부터 9층 순으로 일본, 중화, 오월, 탁라, 응유, 말갈, 단국, 여적, 예맥의 9나라를 신라가 복속시킬 수 있다는 것이었습니다. 말하자면 일본과 중화(중국)까지도 복속시키겠다는 야심찬 의지가 포함된 신라 중심의 세계관과 비전을 제시하고 있습니다.

게다가 삼국사기와 함께 삼국유사는 일제가 날조한 반도식민 사관과는 달리 한반도 경상도가 아니라 중원의 강소(장쑤)성, 절강(저장성)성, 안휘(안후이)성 등지에 있었다는 것을 보여주고 있습니다."

"무엇을 보고 그렇게 말할 수 있습니까?"

"9층석탑 4번째로 등장하는 탁라托羅가 바로 지금의 한반도를 관할하는 나라였기 때문입니다.

더구나 여기에는 동족 국가인 고구려와 백제는 포함되지도 않아, 삼국통일이 완성된 25년 전부터 신라는 고구려와 백제는 이미 신라와 합쳐진 나라로 생각하고 있었다는 것은 놀라운 사실이 아닐 수 없습니다.

선덕여왕의 지혜가 비보 풍수와 절묘한 조화를 이루어 극적인 반전을 가져왔고 황룡사 9층석탑을 그야말로 전화위복의 계기로 삼았습니다. 이런 일이 있는 지 3년 후 646년 선덕여왕은 서거하고, 그로부터 20년 뒤인 660년에 나당 연합군에 의해 백제가, 8년 뒤인 668년에는 고구려까지도 역사의 무대에서 영영 사라졌습니다."

"박근혜 대통령도 이런 때 선덕여왕과 같은 발상의 전환에 관심을 기울였으면 좋겠습니다. 더구나 요즘 야당으로부터 소통부재, 민생실종, 정치실종이라는 비난을 사고 있고 그 말에 일부 국민들이 동조하여 박근혜 대통령의 인기가 요즘 50% 선 이하인 48% 대로 떨어졌습니다. 이 경색국면을 돌파하는데 선덕여왕의 9층석탑의 지혜와 만델라의 일화가 타산지석이 되었으면 좋겠네요."

"동감입니다. 그리고 박정희 전 대통령에게도 비슷한 일화가 있습니다. 윤보선 후보와의 막상막하의 대통령 선거전이 불을 뿜고 있을 때, 윤보선 진영에서 박정희 후보 저격수로 맹활약을 벌인 사람이 있었습니다. 격전 끝에 근소한 표차로 박정희 후보가 당선이 되었습니다.

당선이 되자마자 자기를 끈질기게 저격하던 사람을 찾아간 박정희 전 대통령은 그를 새 정부의 국무총리로 발탁했습니다. 그야말로 통 큰 대통합의 정치가 아닐 수 없습니다. 정치의 부전여전父傳女傳이 아쉬운 때입니다.

그러나 그런 포용의 정치에 우선하는 것은 인간적인 신의라고 봅니다. 포용 대상이 특정 이념, 예컨대 공산주의 사상에 사로잡힌 경우라면 재삼재사 심사숙고해야 합니다. 왜냐하면 정치는 냉혹한 현실이기 때문입니다.

공산주의자에게는 인간적인 신의나 나라 사랑보다는 당연히 이념이 우선이기 때문입니다. 그런 사람이 만약에 국무총리로 임명될 경우 그는 그 자리를 나라를 위해서가 아니라 자신의 이념을 실현하는 기회로 틀림없이 이용할 것이기 때문입니다."

"포용의 정치도 보통 어려운 것이 아니군요."

"그래서 지도자는 비상한 통찰력과 예지를 반드시 갖추어야 합니다."

수술을 할 것인가 말 것인가

한동안 삼공재에 나오다가 그만 둔 50대 중반의 중소기업 부장으로 일하는 독신의 안용선 씨가 찾아왔다. 웬일일까?

삼공재에 나온 지 얼마 안되었을 때 그가 말했다.

"저는 단전호흡을 20년 동안 하여 대주천大周天 전 단계인 전신주천全身周天을 할 수 있습니다. 제 나이도 있고 하니 특별히 고려해 주셔서 저에게 벽사문僻邪門을 달아주셨으면 합니다."

나를 보고 백회를 열어달라는 말이었다. 그러나 삼공재를 운영한 지 23년을 지내오는 동안 내 나름대로 축적된 경험이 있어서 다음과 같이 말해주었다.

"나에게서 백회를 열고 대주천 수련을 하고 싶으면 일단 지금까지 나온 선도체험기를 다 읽어야 합니다."

"직장 일 때문에 바빠서 눈코 뜰새 없는데 1백 권이 넘는 그 많은 책을 어떻게 다 읽습니까?"

"바빠서 책 못 읽는다는 사람은 시간이 남아돌아도 책은 안 읽습디다. 어쨌든 그것이 삼공재의 방침이니 알아서 하세요."

내가 한 말을 고깝게 여겼던지 그는 그 후 삼공재에 나타나지 않다가 3개월 만에 나타난 것이다. 그는 잠시 망설이다가 입을 열었다.

"실은 목뼈인 경골頸骨이 아파서 병원에 갔더니 의사가 수술을 안 하면 큰일 난다고 수술일정을 당장 잡아야 한다고 하기에, 생각 좀 해 보아야겠다고 말하고 나왔습니다. 선생님께서는 선도체험기에 수행자는 수술을 하지 말아야 한다고 하셨기에 조언을 좀 해 주시기 바랍니다."

"선도 수련을 하여 기문氣門이 열리고 운기運氣가 되어 기운이 온몸에 순환하기 시작하면 우리 생명체 고유의 자연치유력이 보통 사람보다는 월등하게 향상됩니다. 그래서 교통사고나 재난사고로 크게 외상을 당하지 않는 한, 선도수행자는 보통 사람들처럼 수술을 하지 않아도 자연히 낫는 수가 많습니다.

그러나 한갓 선도수행자인 나에게 현행 수련생들이나 수련을 그만둔 안용선 씨 같은 분이 찾아와서 자문을 청할 때는 수술을 결심하는 것은 당사자의 고유 권한이므로 내가 이래라저래라 하고 단정적으로 말하지는 않습니다.

그 대신 나는 내가 만약 안용선 씨라면 수술은 하지 않을 것이고 그 대신 열심히 수련을 하여 운기를 강화하겠다고 말해줍니다."

"그렇게 이것도 저것도 아닌 어정쩡한 말씀을 하시지 마시고 좀 똑 부러지게 수술은 절대로 하면 안 된다든가, 아니면 된다든가하고 분명하게 말씀하실 수는 없습니까?"

"그것은 안용선 씨의 고유 권한을 내가 대신해서 행사하는 것이 됩니다. 나는 나고 안용선 씨는 미성년자도 아닌 50대 중반의 성인이신데 내가 어떻게 친권자처럼 안용선 씨에게 이래라 저래라 말할 수 있겠습니까?"

이런 대화가 있은 지 3개월 만에 안용선 씨가 뜻밖에도 목 부위에 석고 보호대를 하고 찾아왔다.

"수술을 하셨군요."

"그때 선생님이 어정쩡하게 말씀하시는 바람에 수술을 해도 좋다는 말씀으로 알아듣고 수술한 지 벌써 3개월이 되었습니다."

"그래 경과는 어떻습니까?"

"보시다시피 경과는 영 좋지 않습니다."

"어떻게요?"

"오른 손 손가락 전체가 마비되어 한 손만으로 일상생활을 하자니 그 불편이 말이 아닙니다."

"담당 의사는 뭐라고 하던가요?"

"의사는 아무 말도 없습니다."

"무엇이 잘못되어 그런지 물어보지 않았습니까?"

"왜 안 물어봤겠습니까? 물어봤지만 자기도 이유를 모르겠답니다."

경골頸骨에는 손을 관장하는 신경이 연결되어 있다는 것을 알고 있기에 물어본 것이다. 그가 오행생식을 사가지고 돌아간 후 나는 침 잘 놓기로 소문난 잘 아는 한의사가 생각나서 그에게 전화를 걸어 사정 얘기를 했더니 그런 환자를 고친 경험이 있으니 보내라고 했다.

　　부리나케 그에게 전화를 걸었다. 내 예감으로는 그 한의사가 침으로 해결할 수 있을 것 같아서였다. 그러나 전화기가 꺼져있다는 자동 응답만 들려 올 뿐이었다. 그 후 며칠을 두고 계속 전화를 걸어보았지만 전화기가 꺼져있다는 자동응답만 들려올 뿐이었다.

내가 읽은 책들

"**시대 역전과 의식 혁명**"(유우찬 저, 도서출판 가재울, 전화
    010 - 5306 - 1375, **출간**)

지구 환경에 대하여 지금까지 보통 사람들은 어떤 생각들을
가지고 있을까? 대체로 다음과 같은 생각들을 가지고 있지 않을
까 한다.

즉 세계 각국이 경쟁적으로 공업화를 서두르다 보니 온실가스
의 과다 배출로 지구의 대기 온도가 점차 상승함으로써 남북극
에 쌓여있던 얼음이 녹아내리자, 자연히 해면의 수위가 상승하여
연안국들이 침수 피해를 입어왔고, 태평양 상의 작은 섬나라들은
침몰될 위기에 봉착해 있으며, 쓰나미가 자주 일어나는 일본에서
는 후꾸시마 원전 사고 같은 참사로 일본 연안에서 잡힌 물고기
를 소비자들이 기피하고 있다는 것 정도가 아닐까.

그러나 이러한 인식이 얼마나 안이한 것이었나 하는 것은 이
책을 읽으면 금방 깨닫게 될 것이다. 이러한 의미에서 이 책은
재래의 정감록, 요한계시록, 격암유록, 노스트라다므스 같은 예언
서들과는 근본적으로 다르다.

그것도 그럴 것이 이 책은 지금까지 인류가 알아낸 온갖 지식

즉 천문학, 지질학, 고생물학 등의 학문적 성과를 총 동원하여 짧게는 2030년에서 2100년까지의 미래를 손에 잡힐 듯이 구체적으로 내다보고 있기 때문이다.

지구의 기후는 근년 들어 급격한 변화를 겪고 있다는 것은 기후에 둔감한 사람들도 절실히 느끼고 있다. 우선 사계절 중에서 봄과 가을이 점점 짧아지고 있는데 이 책에 따르면 2030년이 되면 봄과 가을이 완전히 없어지고, 곧 지구에는 여름과 겨울만 남게 되고 1년 365일도 5일이 짧아져서 360일이 된다고 한다.

그와 함께 타원형이던 지구가 구형으로 바뀌게 되고 지금까지 6480년 동안 황도대黃道帶에 대해 23.5도 기울어졌던 지구가 똑바로 서게 된다는 것이다.

그렇게 지구가 대격변을 겪는 동안 그 변화가 얼마나 느리고 빠르냐에 따라 인류는 전멸할 수도 있고 잘되면 전멸은 면할 수 있어도 엄청난 피해를 입게 되는 것이다.

이 책은 이러한 지구적인 격변을 당하여 우리가 어떻게 하면 무사히 살아남을 수 있을 것인가를 박진감 있게 구체적으로 제시해 주고 있다. 따라서 지구인이라면 누구를 막론하고 꼭 읽어 두어야 할 책이다.

"마지막 해역서 격암유록"(남사고 지음, 무공 해역, 도서출판 좋은땅, 전화 02) 374 - 8616~7 출간)

격암유록格菴遺錄을 쓴 격암格菴 남사고南師古는 조선조 중종 4년

1509년에 태어나 인종과 명종 대를 거쳐 선조 4년인 1571년 63세에 세상을 떠났다.

　그런데 이 책에는 격암이 생존한 시대의 험난한 정치 현실로부터 저자 자신과 독자들을 보호하기 위해서겠지만 한자로 쓰여진 각종 은유, 비유, 비아냥, 파자破字, 역학易學, 음양오행陰陽五行, 십간지지十干地支 등이 종횡무진으로 구사되어 어지간한 한문 지식을 가진 사람도 이해하기 어려웠다.

　그러나 이 방면의 전공자들에 의해서 이 책의 대략적인 내용은 밝혀졌었지만 "마지막 해역서 격암유록"의 해역자에 의해 한글 세대도 손쉽게 읽을 수 있게 된 것은 다행한 일이다.

　격암이 이 책을 통하여 예언한 것은 주로 임진왜란(1592년)과 병자호란(1637년), 근대 일본의 한국 침략, 을사늑약, 병술국치, 815 해방, 남북 분단, 육이오와 남북 대립 시기를 거쳐 2025년의 통일, 황도대에 대하여 23.5도 기울어졌던 지구가 똑바로 서는 2030년의 후천시대에 이르기까지 438년 동안 한국 땅에서 벌어질 각종 변란이 있을 때마다 백성들이 어떻게 하면 살아남을 수 있는가 하는 가르쳐주고 있다. 그런데 2013년인 지금까지의 예언들은 신통하게도 모두 다 맞아떨어졌다는 것이다.

　실례를 들면 임진왜란 때의 살길은 송하지松下止라고 했다. 산속의 소나무 밑에 피해 있으면 살아남을 수 있다는 뜻이다. 그리고 병자호란 때는 가하지家下止라고 했다. 밖에 나가 돌아다니지 말고 집안에 머물러 있으면 무사할 수 있다는 말이다.

그러나 종말終末에는 삼인일석三人一夕, 닦을 수修 즉 수도修道를
하라고 했다. 그리고 도하지道下止, 도道 아래에 머무는 선도 수련
이 나를 살리고, 풍기가 문란하고 온갖 잡된 것들이 뒤섞여 돌아
가는 말세에 목숨을 구하려면 십승대도十勝大道를 알아보라고 했
다. 십승대도는 선도仙道를 말한다.

그럼 우리가 지금 살고 있는 2013년부터 2025년의 남북 통일과
2030년 후천後天시대에 이르기까지 백성들은 어떻게 해야 살아남
을 수 있을지 격암 남사고 선생은 다양한 표현을 반복하여 열정
적으로 기술하고 있다. 격암유록의 압권은 바로 이 부분이다.

실례로 삼인일석三人一夕 즉 닦을 수修, 궁궁弓弓, 을을乙乙, 십승
지十勝地, 비산비야非山非野, 석정石井, 전전田田, 해인海印, 삼풍三豊, 초
락도初樂道, 수승화강水昇火降, 천부경天符經 등등이다. 이들 어휘들을
유심히 살펴보면 모두가 선도仙道와 관련이 있다는 것을 알 수
있다. 좀 더 구체적으로 말해서 후천 개벽開闢기에는 민초들이 산
속에 숨는다든가 집안에 웅크리고 있다고 해서 살아남을 수 있
는 것이 아니라는 것이다.

그럼 어떻게 해야 할 것인가? 선도의 스승을 만난다든가 스스
로 선도수련을 일상생활화하여, 항상 바르고 착하고 슬기롭게 살
아감으로써 개인의 욕심보다는 남을 먼저 배려할 줄 아는 사람
들만이 살아남을 수 있다는 것이다.

격암유록이 이 시대를 살아가는 우리들에게 전하려고 하는 메
시지는 바로 이것이다. 그러고 보니 남사고 선생은 당대의 이름

난 선도수행가였다. 그는 선도수행을 하다가 깨달은 것과 우주의 식으로부터 계시받은 것들을 꼼꼼하게 기록하여 후배 선도수행자들과 민초들에게 남겨 놓은 것이다.

요컨대 마음이 바른 사람, 양심대로 사는 사람은 살아남고, 마음이 고약하고 양심이 비뚤어진 사람은 살아남지 못한다는 것이 그가 말하고자 한 핵심이다. 얼핏 듣기에 늘 들어온 권선징악勸善懲惡적인 말들이어서, 좀 황당하고 미신적이기까지 하다. 그러나 결코 그렇지 않다.

그럼 도대체 왜 그런 일이 벌어지는 것일까? 선천시대先天時代 6480년 동안에는 지구가 황도대에 대하여 23.5도 기울어져 타원형으로 비뚤비뚤 씰룩씰룩 디뚱디뚱 위태위태하게 돌고 있었기 때문에 그 안에 사는 사람들은 그러한 지구의 영향을 받아 마음이 바르지 못하고 비딱해져서 의롭지 못하고 비도덕적인 행위들을 예사로 자행했었다.

그러나 지구가 360도로 똑바로 서게 되어 완벽한 구형이 되는 후천시대後天時代 6480년 동안에는 그러한 똑바른 지구의 영향을 받아 마음이 올곧고 양심적으로 행동하는 사람만이 반드시 살아남게 된다는 것이 격암유록뿐 아니라 동서고금의 수많은 예언가들과 미래학자들의 주장이다.

더욱 놀라운 것은 그러한 후천시대를 이끌어나갈 사람들이 다름 아닌 바로 선도수련을 받은 한국인들이라니 이 또한 놀라운 일이 아닐 수 없다.

그것을 입증이라도 한국은 2차대전 후에 식민지에서 독립한 수많은 약소국들 중에서도 유일하게 산업화와 민주화에 성공하여 원조받는 나라에서 원조 주는 나라로 탈바꿈됨으로써, 선진국, 개발도상국들 그리고 후진국들로부터 동시에 주목을 받는 나라가 되었다. 이것은 우리가 후천시대를 이끌어갈 능력이 있음을 입증하려는 섭리가 아닌가 한다.

『구도자요결求道者要訣』(김태영 편역, 글앤북 출간)

선도수행자들이 늘 몸에 지니고 다녀야 할 경전들을 수록한 책이다. 지구가 곧 폭발하여 지상에 사는 사람들은 누구를 막론하고 우주선을 타고 당장 다른 별로 떠나야 하는데, 단 책 한 권 정도 무게의 휴대품밖에는 가져갈 수 없다고 한다면 나는 주저 없이 이 책을 들고 우주선에 탈 것이다.

천부경天符經, 삼일신고三一神誥, 참전계경參佺戒經을 주축으로 한 "구도자요결" 비슷한 책들은 그동안 숱하게 출판되었고 그때마다 나는 빼놓지 않고 거의 다 읽어보았지만 어느 하나 만족할 수 없었다.

번역이 매끄럽지 못하여 무슨 뜻인지 이해할 수 없는 것이 첫 번째 이유였다. 글 쓰는 일을 전문으로 하는 문필인이 아닌 사람들이 번역을 할 때 일어나는 현상이다. 40여 년 동안 글쓰기를 직업으로 해 온 나에게는 유난히 눈에 띄는 대목이었다.

두 번째는 일정 궤도에 오르기까지 선도수행을 해 보지 못한 사람이 한문의 뜻을 제대로 이해하지 못하고 번역한 것으로 보이는 부분이었는데, 수련을 근 30년 동안 해 온 나에게는 이 역시 유독 돋보였다.

때마침 나에게 직접 번역하여 책을 내보는 것이 어떠냐는 선도수행자들의 권고에 힘입어 이 책을 펴내게 되었다.

부디 이 책이 선도수행자들 사이에서 경쟁력을 발휘하기 바란다. 기문氣門이 열린 구도자라면 이 책을 읽을 때와 이와 비슷한 다른 책을 읽을 때에 자기 몸에 일어나는 운기運氣 현상을 관찰해보기 바란다.

만약에 필자가 쓴 "구도자요결"을 읽어보니 다른 책을 읽을 때보다 운기가 현저하게 활발하다면, 왜 그런지 자연히 판단이 설 것이므로 스스로 알아서 선택해주기 바란다. 요컨대 경쟁력으로 승부를 보자는 것이다.

참고로 대종교 경전에 수록된 '삼일신고 읽는 법'과 그 효력 및 공덕을 소개한다.

"마의극재사(麻衣克再思, 고구려를 세운 주몽의 신하이며 개국공신)가 이르되, 아! 우리 신도들은 반드시 '신고'를 읽되, 먼저 깨끗한 방을 가려 '진리도'를 벽에 걸고 세수하고 몸을 깨끗이 하여 옷깃을 바로 하고 비린내와 술을 끊으며 향불을 피우고 단정히 꿇어 앉아 하느님께 묵도하고 굳게 맹서를 지으며 모든 사특한 생각을 끊고, 삼백예순여섯 알의 박달나무 단추를 쥐고 한 마음으로 읽되

원문 삼백예순 자로 된 진리를 처음부터 끝까지 단추에 맞추어 끝마칠지니라.

삼만 번에 이르면 재앙과 액운이 차츰 사라지고, 칠만 번이면 질병이 침노하지 못하며, 십만 번이면 총칼을 능히 피하고, 삼십만 번이면 새짐승이 순종하며, 칠십만 번이면 사람과 귀신이 모두 두려워하고, 일백만 번이면 신령과 '밝은이(성통공완한 구도자)'들이 앞을 이끌며, 삼백육십육만 번이면 몸에 있는 삼백예순여섯 뼈가 새로와지고, 삼백예순여섯 혈穴로 기운이 통하여 천지가 돌아가는 삼백예순여섯 도수에 맞아 들어가 괴로움을 떠나고 즐거움에 나아가게 될 것이니 그 오묘함을 어찌 이루 다 적으리오.

그러나 만일 입으로만 외우고 마음은 어긋나 사특한 생각을 일으켜 함부로 함이 있으면 비록 억만 번을 읽을지라도 이는 마치 바다에 들어가 범을 잡으려함과 같아 마침내 성공하지 못하고 도리어 수명과 복록이 줄게 되며 재앙과 화가 곧 이르고 그대로 괴롭고 어두운 누리에 떨어져 다시는 빠져나올 방도가 없으리니 어찌 두렵지 아니하랴. 애쓰고 힘쓸지어다."

다 읽고 보니 종교적인 엄격한 형식이, 자력으로 수도하는 구도자들에게는 다소 부담이 될 것 같은 느낌이 든다. 부디 형식을 초월하여 내용을 수용하기 바란다. 그러자면 삼일신고의 한자 원문에 꼭 구속될 필요는 없다고 본다. 경전 암송에 중요한 것은 형식보다는 정성이 우선임을 강조하는 바이다. 지성(至誠)이면 감천感天임을 늘 잊지 말아야 할 것이다.

수행자가 단전호흡을 일상생활화하여 행주좌와어묵동정行住坐臥語默動靜 염념불망의수단전念念不忘意守丹田할 때의 단전丹田 대신에 경전經典을 삽입하면 될 것이다. 천부경, 삼일신고, 참전계경을 늘 시간 나는 대로 암송함으로써 심신 전체에 경전에서 나오는 진리의 기운이 순환하게 해야 할 것이다.

『조갑제의 일류국가—流國家 기행』(조갑제 저, 조갑제닷컴 출간)

조갑제 대기자가 일일이 서유럽을 비롯한 일류 국가들을 직접 방문하여 얻은 현장 체험을 바탕으로 쓰여진 근 600쪽에 달하는 방대한 기록 문학이다. 저자가 말하는 일류국가란 서유럽 나라들과 여기서 파생된 미국, 호주, 뉴질랜드, 캐나다 같은 나라들을 말한다. 유일한 예외는 동양에선 제일 먼저 근대화에 눈 뜬 일본이 있을 뿐이다.

이들 일류국가들은 예외 없이 전쟁을 많이 했고 산업, 과학, 민주주의와 시장경제를 발전시켜 온 것을 알 수 있다. 요컨대 일류국가는 싸움 잘하는 장돌뱅이가 만든다고 저자는 강조한다. 간결하면서도 박진감 있는 그의 문장에 매료되어 숨쉴 틈 없이 단숨에 읽게 하는 특이한 매력과 함께 깊은 감동을 자아내는 좋은 읽을거리다.

이 책 후반부에 나오는 김유신 시대에 신라에 의한 삼국 통일 과정은 우리가 앞으로 남북통일을 완수하는 데 꼭 이정표로 삼을 수 있을만큼 독창적이고 참신하다는 느낌을 받았다. 그러나 아무리 좋게 보아 넘기려 해도 꼭 짚고 넘어가야 역사 문제에 대해서는 실례를 무릅쓰고라도 몇 자 적어보기로 했다.

이 책 536쪽 아래 부분에 보면 '2000년의 역사를 가진 한국은 충분하다'는 대목이 유달리 돋보인다. 저자는 50대에야 삼국사기, 삼국사기를 읽었다고 했는데 한(桓)단고기, 단기고사, 규원사화, 삼국유사 같은 삼국시대 이전의 역사를 다룬 책들은 전연 읽어보지 않은 것 같다. 우리 조상들이 써 남긴 이 기록을 읽어보았더라면 한국 역사를 2000년으로 축소하여 보지는 않았을 것이다.

이들 상고시대 기록에 따르면 우리나라 역사는 한(桓)인시대 7세 3301년, 배달국(한웅시대) 18세 1565년, 단군시대 47세 2096년, 삼국시대와 통일신라시대 1000년, 고려와 조선 1000년, 일제강점기와 해방후 지금까지 103년 도합 9211년이다.

여기서 구체적인 통치 기록이 없는 한인시대 3301년을 빼면 적어도 6602년의 통치 기록을 가진 역사를 우리는 가지고 있다. 그런데도 한국은 고작 2000년의 역사를 가지고 있다고 이 책의 저자는 말했다. 첫 단추를 잘못 끼우면 다른 단추도 모두 다 잘못 끼우게 된다. 그와 마찬가지로 한 나라의 역사도 첫 단추가 잘못 끼워지면 전체가 엉망이 된다. 한국 역사의 첫 단추는 한인, 한웅, 단군 시대다. 그런데도 불구하고 저자는 무엇을 근거로 그렇게 썼을까?

저자의 역사관은 아직도 일제가 강점기에 이 땅에 심어놓은 이후, 각종 역사 교과서를 독점 집필하고 있는 한국의 식민사학자들에 의해 지금까지 끈질기게 계승되고 있는 반도식민사관에서 한치도 벗어나지 못하고 있다는 것을 알 수 있다.

반도식민사관은 한반도를 강점한 일제가 우리 국민을 자기네 식민지 노예로 영원히 길들이기 위해서 우리 역사를 날조해 낸 것이다. 일본은 자기네 역사를 신화시대까지 거슬러 올라가면서 한껏 늘여놓았는데도 겨우 2600년밖에 안 된다. 그러나 한국 역사는 일제 강점 초기까지만 해도 반만년 역사로 널리 내외에 알려져 있었다.

일제는 한국 역사를 자기네보다 짧게 날조하지 않으면 한국을 식민지로 다스리기 어렵다고 보고 일본 역사 2600년보다 짧은 2천 년으로 줄여 놓았을뿐 아니라, 한국의 역사는 한반도 안에서만 일어난 것으로, 시간과 함께 공간까지도 축소해 놓았다. 저자인 조갑제 대기자님은 유감스럽게도 이러한 반도식민사관을 그대로 추종한 것으로 보인다. 그것은 신라의 삼국 통일이 한반도 안에서만 벌어진 것으로 서술되어 있는 것만 보아도 알 수 있다.

삼국사기에는 '삼한일통三韓一統'이란 문구가 캐채프레이즈로 자주 등장한다. '삼한'이란 단군조선시대에 중원 대륙에 있던 마한, 진한, 변한을 말한다. 반도식민사학은 마한, 진한, 변한을 한반도 남부에, 그리고 고구려는 만주 지방에 무리하게 배치해 놓았다.

마한은 백제로 변하고 진한과 변한은 신라로 통합된다고 식민사
학은 말한다.

그렇다면 신라의 '삼한일통'은 고구려를 뺀 한반도 남부만을 통
일한 것이 된다. 그러나 김유신 시대의 신라가 말하는 삼한일통
은 고구려, 신라, 백제의 세 나라를 통합한 것을 의미했다.

이것만 보아도 신라의 삼국 통일은 중원 대륙에서 벌어진 것
을 알 수 있다. 반도식민사관이 얼마나 큰 오류를 범하고 있는지
알 수 있는 대목이다. 그리고 이 책에 나오는 고산자 김정호와
엔인의 '입당구법순례행기'는 일제가 반도식민사관을 합리화하기
위해 날조했거나 일부 조작한 것임을 유의했어야 했다.

끝으로 말하고 싶은 것은 고구려, 백제, 신라, 고려, 조선 왕조
는 처음부터 한반도에 있었던 것이 아니고 중원 대륙에 있었다
는 것을 명심해 주기 바란다.

서울 시내와 그 인근에 있는 조선왕조의 5대궁과 왕릉들은 서
세동점기西勢東漸期에 일본과의 강화도 조약이 체결된 1876년 이후
에 조선왕조의 지배층이 대륙에서 반도로 철수당하기 시작하면
서 성급하게 만들어진 것이다.

그렇기 때문에 5대궁과 성곽의 대문 밑에는 수맥이 지나가고
있는 것을 풍수들은 지금도 발견하곤 의아해 한다. 주요 건축물
밑에 수맥이 지나간다는 것은 풍수를 중요시한 조선시대에는 도
저히 있을 수 없는 일이기 때문이다.

학교에서 교과서만으로 역사를 배운 사람들에게 이렇게 말하

면 틀림없이 뽕 갔다고 말할 것이다. 그러나 마음을 진정시키고 삼국사기 지리지, 고려사 지리지, 조선왕조실록 중에서 세종실록 지리지, 동국여지승람 중국의 이십오사二十五史 동이전, 조선전의 일부만이라도 읽어보기 바란다. 위 기록들 중 이십오사 외에는 모두 중원 대륙을 경영했던 우리 조상들이 그곳을 통치하면서 써 남긴 기록들이기 때문이다.

이들 지리지에 등장하는 지명들은 한반도의 지명들이 아니라 대륙의 지명들뿐이다. 간혹 한반도 지명과 같은 것이 나오는 수가 있는데 그것은 1876년 이후 대륙의 지명들이 한반도로 옮겨 온 것임을 명심해야 한다. 이들 지리지地理誌들을 읽고도 납득이 가지 않으면 한문을 모르는 사람도 읽기 쉬운 다음 관련 저서들을 꼭 구해서 읽어보기 바란다.

『고구려, 백제, 신라는 한반도에 없었다』(정용석 저, 동신출판사 간행)

『한국인에게 역사는 있는가』(김종윤 지음, 책이있는마을, 전화 010-9553-6071 간행)

『한국사 진실 찾기』(김태영 저, 도서출판 명보, 전화 02) 2277-2656 출간)

필자가 굳이 이러한 글을 쓰는 것은, 평소 조갑제 대기자님을 신뢰하고 존경하는 독자의 한 사람으로서 앞으로도 가능하면 더 훌륭하고 하자 없는 글을 쓰게 하자는 충심 때문임을 이해해 주었으면 한다.

기자가 무관無冠의 제왕帝王 소리를 듣는 것은 사실과 진실을 밝히기 위해서는 언제나 신명(身命)을 걸 자세가 되어 있기 때문이다. 일제가 날조해놓은 반도식민사관은 사실도 아니고 진실은 더욱 아니다.

『신편 고려사절요高麗史節要』(김종서 외 지음, 신서원 간행)

고려의 역사가 연대순의 편년체로 기록된 사록史錄이다. 편저자는 김종서 등이고 고려의 춘추관春秋館에서 편찬되었고 조선조 문종 2년에 완성되었다.

이 책은 민족문화추진회가 편집하고 한글세대도 읽을 수 있게 번역했다. 상·중·하 3권으로 되어있는데 각권이 800쪽이므로 총 2,400쪽에 달하는 방대한 분량이다.

나는 이 책을 2013년 7월 16일부터 11월 18일까지 무려 4개월 동안 읽었다. 내 눈에 유달리 거슬리는 것은 역주譯註에 나오는 지명地名을 전부 한반도 안에서만 찾으려 애를 썼다는 것이다. 고려는 처음부터 끝까지 중원 대륙에 있던 나라임을 모르는 반도식민사관 때문에 저질러진 실수다.

고려사 지리지地理誌만 읽었더라도 저지르지 않아도 되었을 실수를 왜 저질렀을까? 아직도 고치지 못한 반도식민사관 때문이다.

이 책의 제목만 보면 고려사를 요약한 것으로 보이지만 그런 게 아니고 고려사高麗史가 쓰여질 때와 같은 시기에 독자적으로 기록 편찬된 것이다.

고려사가 기전체紀傳體인 것에 비해 이 책은 편년체編年體인 것이 다르다. 고려사만큼 상세하지는 못하지 고려사에는 빠져있는 귀중한 자료가 많이 들어있다. 편년체란 사관史官이 임금의 행동거지를 일기 쓰듯 연대와 월별 순으로 구체적으로 적어놓은 것을 말한다.

예를 들면 엽색獵色에 빠진 우왕이 누구의 첩이 예쁘다는 소문을 듣자, 시자侍者를 시켜 밤에 데려오게 했다. 그런데 그 시자가 막상 그 첩을 대하자 자기도 모르게 음욕이 발동하여 먼저 간음을 해버리고 말았다. 이 사실을 안 다른 시자가 왕에게 이를 고자질하자, 화가 머리끝까지 치민 왕은 간음한 시자와 첩을 함께 불러 오게하여 몽둥이로 잔인하게 때려죽이는 장면이 생생하게 그려져 있다.

또 그 왕은 시녀들을 데리고 대낮에 강가에 나가 목욕을 하다가 개처럼 시녀를 엎드리게 하고 뒤에서 성행위한 것까지 적나라하게 적어놓았다. 사관이 목숨을 걸지 않고는 도저히 이러한 기록을 후세에 남길 수 없었을 것이다.

이처럼 투철한 기록 정신의 전통이 조선왕조실록이나 승정원일기에도 그대로 전승된 것으로 보인다. 이 기록들이 후세인 우리 손에까지 전해지게 된 것은, 비록 무소불위無所不爲의 왕이라해도 자신의 기록을 볼 수 없도록 엄격히 제한해 놓았기 때문이다.

그런데 노무현 전 대통령이 김정일과의 자기의 대화록을 일부 나마 제 마음대로 고쳤다는 것은 우리의 기록 문화가 선조들보다 엄청나게 뒤떨어져 있다는 것을 말해주니 통탄할 일이 아닐 수 없다.

고려 우왕의 경우는 연산군 못지 않게 부도덕하고 사악한 임금의 경우이고 대부분의 왕들은 백성들을 위해 정치를 잘해보려고 애썼다.

오랫동안 가뭄이 들거나 홍수가 지면 자신이 나라를 잘못 다스린 탓으로 여기고 겸허하게 반성하고, 반역자를 제외한 죄수들을 석방하고 홀아비, 과부, 외로운 노인, 가난한 백성들을 구휼하고, 자기 자신은 밥 한 그릇과 반찬 한 가지로 끼니를 때우는가 하면 아예 며칠씩 곡기를 끊어버리는 경우도 있었다. 요즈음의 대통령들에 비하면 지나칠 정도로 순진하고 천진난만한 데가 있었다.

474년에 걸친 고려시대 24명의 임금들의 애로 사항들 중에서 가장 인상적이고 두드러진 것은 요遼나라, 금金나라, 원元나라에 의해 강요된 공녀貢女와 공물을 제때에 채우지 못해서 언제나 전전긍긍 애쓰는 장면들이다.

원나라 때 그런 일이 가장 심했다. 특히 왕명에 충忠자가 들어가는 여섯 임금은 원나라 황제의 부마 즉 사위였다. 그때는 동아시아는 말할 것도 없고 유럽까지 원나라가 휩쓸던 암흑기였다. 송宋나라가 망한 것은 말할 것도 없고 그나마 독립을 유지한 나라는 고려를 빼놓고는 섬나라 일본 외에는 아무도 없었다. 여러 번 명줄이 아예 끊어질 뻔했던 고려가 공민왕 대에 와서 드디어 자주독립을 회복하게 되었다.

국가 부흥기에 이성계는 역성혁명을 일으키어 고려를 뒤집어 엎고 1392년에 조선왕조를 세웠다. 그로부터 정확히 518년 뒤에 일본에게 통째로 나라를 빼앗겨버리고 말았다. 이로써 우리나라 는 9211년 역사상 처음으로 국권을 완전히 외국에게 탈취당하는 수치스런 역사를 기록했다.

내가 굳이 이 말을 하는 것은 우리가 지금도 구한말과 비슷한 처지에 있을 뿐만 아니라 분단의 고통까지 겪고 있기 때문이다. 더욱 통탄스러운 것은 나라가 분단되고 민족상잔의 전쟁을 겪고 도 모자라 우리나라 정치인들은 다시는 분단의 역사를 되풀이 하지 않기 위해서 무엇을 해야 할 것인가는 생각지 않고 당리당 략에만 골몰하고 있다는 것이다.

게다가 일부 종북 정치인들과 이적 세력은 공개 총살로 공포 정치를 자행하지 않으면 안될 정도로 궁지에 몰린 북한의 김씨 왕조를 추종하여 대한민국을 뒤집어엎겠다고 혈안이 되어 날뛰 는데도, 정치인들은 이적단체들을 해산할 수 있는 이렇다 할 효 과적인 대책을 세우지 못하고 싸움질만 하는 한심하고도 냉혹한 현실이 고려사절요를 읽으면서 더욱더 절절이 가슴에 사무친다.

[이메일 문답]

아무리 읽어도 싫증이 안 나는 책

선생님! 보내주신 책은 감사히 받았습니다. 선도체험기는 아무리 많아도 읽고 싶어지고 마음에 쏙쏙 들어옵니다. 아무리 반복되어도 싫증이 안 나고 되새겨지게 됩니다. 제가 읽기도 힘든 다른 책들 내용도 선생님께서 읽으시고 마음에 새길 만한 내용들을 써주시니 너무 감사히 읽고 있습니다. 저는 책을 읽으면서 마음에 새길 만한 내용들을 적어놓고 있습니다만 너무 많아서 아주 꼭 새길 만한 것들만 적고 있습니다.

물론 적어놓는 것보다 실천이 중요하다는 거 잘 알고 있습니다만 실천하기는 참 힘들어서 그래도 이제는 마음을 조금씩 바꿔 나가려고 노력하고 있습니다. 선생님께 이렇게 메일을 보낼 수 있다는 게 꿈만 같습니다. 앞으로 열심히 책을 읽고 노력하고 해서 선생님과의 공감대가 형성될 수 있도록 하려고 합니다. 그럼 안녕히 계십시오.

2013년 8월 18일 제주에서 김군자 올림.

[회답]

선도체험기가 지금처럼 아무리 읽어도 계속 읽고 싶어질 때를 놓치지 마시고 계속 읽으시기 바랍니다. 그리고 이왕 읽으시는 김에 지금까지 나온 107권까지 전부 다 읽으시는 것이 좋습니다. 그렇게 읽으시는 동안에 마음도 몸도 적극적으로 그리고 긍정적이고 진취적으로 변하게 될 것입니다. 그러니 지금은 무엇보다도 선도체험기 읽기에 집중하시기 바랍니다.

정수리가 맑고 깨끗해지는 느낌

선생님! 안녕하세요. 며칠 전에 '선도체험기' 보고 전화드린 전희주입니다. 메일 주소 가르쳐 주셨는데 금방 쓰고 싶었지만 참았다가 이제 씁니다. 왜 이제야 인연이 되었는지, 좀 더 일찍 알았더라면 좋았을걸. 아무래도 소개가 좀 있어야 될 것 같아요.

전 다리가 좀 아픈 사람입니다. 전 모르지만 세 살 때 소아마비였다고 하더군요. 그래서 지금도 양쪽 목발 짚고 힘들게 걸어요. 엄마랑 함께 살다가 2008년도 3월에 하루아침에 하늘나라로 가셨어요. 전 마음에 준비도 돼 있지 않은데 갑자기 당한 일이라 병원에 입원하고, 4년간을 개인병원, 종합병원, 대학병원을 다니면서 약 먹고 치료받았습니다. 이제 약 뗀 지 1년 정도 됩니다.

너무 힘이 들어서 마음 좀 다스리려고 ○○ ○○○님의 총서를 여러 권 봤구요. 꼭 단전호흡에 관심이 있어서가 아니라, 마음이 조금이라도 나아질까 해서 가까이 ○○○에도 가봤습니다만 일주일도 채 못 다니고 말았어요.

그게 원장님도 잘 모르는 것 같고(수련이 깊지 않아서), 자꾸만 돈 들여 어디 데리고 가려고만 하고…

어찌어찌하다 선생님 책을 보게 되었어요. 제가 사서 읽는 것이 아니라 도립도서관에서 빌려서요. 책 출판된 지가 오래되어서

35권까지만 있다고 합니다. 이제 10권 읽고 있어요. 처음 선생님 책 펼쳐들고 얼마나 흥분되고 마음이 기뻤는지 모릅니다. 4권까지 읽으면서 재미있어 죽는 줄 알았어요.

하나하나 세세히 열심히 읽고 싶은데 아직까지도 마음과 시간이 느긋하지 않아 5권부터는 좀 빠르게 넘기고 있어요. 아직까지도 늘 좀 마음이 불안합니다. 제가 처한 상황이 좀 그래요.

단전호흡도 하루에 10분 내지는 30분씩 하는데 단전호흡할 때는 특히 가슴 쪽이 훈훈해지면서 전체적으로 몸이 좀 더워져요.

선도체험기를 읽으면 머리가 참 맑아지는 것 같구요. 이마와 정수리 부분이 더욱 맑아지고 깨끗해지는 느낌입니다. 어느 저녁이었습니다. 선도체험기를 읽다가 피곤해서 누웠습니다. 잠이 든 것은 아니고 그냥 눈 감고 있는데 몸이 바닥에 대인 채로 5cm 정도가 위로 올라갔다 제 자리고 내려오는 거 있죠. 마치 바위에 파도가 찰싹 부딪치고 가는 것처럼 아주 리드미컬하게. 이어서 들리는 소리가 "인도한다 석가모니"라는 소리였어요.

감히 어느 분이라고 제가 거짓말을 하겠어요. 우연인지 어떤지는 몰라도 그랬습니다. 선생님 한번 뵈었으면 좋겠습니다. 안녕히 계세요.

2013년 8월 26일 전희주 드림

[회답]

전희주 씨는 선도체험기와 인연이 있는 것 같습니다. 그렇지 않으면 그 책을 읽고 마음과 몸에 그처럼 변화가 일어날 리가 없습니다. 선도체험기 5권을 읽고 계시는 모양인데, 그 책은 23년 전에 출판되기 시작했고 지금 107권까지 출판되었습니다. 그 책의 저자를 만나고 싶으면 우선 그의 저서를 읽어야 합니다. 그래야 만나서도 얘기꺼리가 생길 수 있을 것입니다. 그 책을 계속 읽어나가시다가 보면 반드시 저자와 만날 수 있는 길이 열리게 될 것입니다.

빨리 뵙고 싶어요.

선생님! 빨리 뵙고 싶어요.ㅠㅠ 선생님께서 오라고 하시면 갈 수 있는데. 주신 답장은 김태영 선생님께서 직접 주신 건가요?

2013년 8월 26일 전희주 올림

김춘식 선생님 아직도 생존해 계신가요?

선생님! 혹요 김춘식 선생님 아직도 생존해 계신가요? 계시다면 아직도 침놓고, 맥 짚고 하시나요? 저도 소아마비라, 저처럼 오래 된 사람도 김춘식 선생님께서 보신다면 좀 좋아질 가능성이 있을까요? 전 참 답답합니다. 꼭 좀 답변 주세요.

자꾸만 귀찮게 해드려 죄송해요. 그리고 단전호흡 많이 한 것도 아닌데 첫 날부터 10분씩 2일, 20분씩 2일, 30분씩 4일 정도 했는데 8일째는 약한 몸살기가 있어서요.

24시간 몸살 앓았어요. 만사가 귀찮고 더 이상 책도 보고 싶지가 않고 그러다 어제부터 다시 단전호흡 조금씩 하는데 그렇게 생각해서인지 다리가 자꾸만 전기 통하는 것처럼 찌릿찌릿한 것 같아요. 아무튼 선생님과 김춘식 원장님 빠른 시일 내로 꼭 뵙고 싶어요. 좀 힘들겠지만 저 서울까지 갈 수도 있는데. 안녕히 계세요.

2013년 8월 27일 전희주 드림

[회답]

두 번 보내신 메일 다 받아보았습니다. 지난번 회답은 내가 직접 써서 보낸 것입니다. 김춘식 선생은 아쉽게도 이미 13년 전에 많은 사람들의 애도 속에 갑자기 돌아가셨습니다.

지금까지 선도체험기만 읽고 단전호흡을 하는 동안에 반신불수였던 사람이 몇 사람 회복된 사례가 있지만 소아마비 환자는 처음입니다.

덮어놓고 나를 만나자고 하시는데 나는 면허 있는 의사가 아니므로 환자를 치료할 자격과 시설을 전연 갖추지 않고 있으므로 만나보았자 아무 도움도 되지 않습니다. 나는 보통 가정집에 살면서 나를 필요로 하는 수련생이 찾아오면 서재에서 응대할 뿐입니다.

선도체험기를 읽은 발신불수 환자였던 사람들도 다 낫기 전에는 나를 찾지 않았고, 다 나은 다음에 제 발로 걸어서 나를 찾아와서 나에게 수련을 받은 일은 있습니다. 그러니까 선도체험기를 읽고 단전호흡을 하는 동안에 찌릿찌릿 전기가 통하면서 마비되었던 다리가 완전히 풀려서 정상인이 된 후에 찾아오시기 바랍니다.

선도체험기는 나의 분신이므로 누구나 그 책을 읽는 동안에 인연이 있으면 병들었던 몸도 마음도 좋아집니다. 그러니까 독자가 선도체험기를 읽는 동안에 책이 내가 할 일을 다 대행합니다. 그러므로 다 낫기 전에 찾아오시면 서로 입장만 난처해질 뿐입니다.

그렇지 않아도 10년쯤 전에 전희주 씨처럼 참지 못하고 목발을 짚고 나를 찾아왔던 처녀 환자가 있었는데 아무 도움도 못 받고 쓸쓸히 돌아간 일이 있습니다. 인연이 있다면 선도체험기만 읽어도 마비된 다리는 풀리게 될 것입니다.

부디 조급증을 가라앉히시고 정상인이 될 때까지 선도체험기를 읽으면서 단전호흡을 계속하시기 바랍니다. 그리고 심신이 좋아지고 혼자서는 풀 수 없는 의문이 일어날 때마다 꼭 나한테 메일을 보내시기 바랍니다.

굉장히 피곤합니다

김태영 선생님!

안녕하세요. 앞서 두 번 메일 드렸던 전희주입니다. 여러 번 망설이다 씁니다. 선도체험기 열심히 읽고, 열심히 단전호흡하고 나름대로 할 수 있는 대로 시도하면서 열심히 수련하려 했었는데 두 번 메일 드렸던 시점부터 지금껏 선도체험기 읽기도 뜸했었구요. 단전호흡도 못했습니다. 나름 힘든 상황이 좀 있었어요. 오늘 다시 선도체험기 조금 읽고 단전호흡 한 20여분 정도 했을까.

오후에 너무 피곤해서 앉아 있기조차 힘들어서 잠시 누워 있었는데 잠이 든 것은 아니었어요.

머리도 몸도 너무 피곤해서 누워서 잠시 피곤함을 잊고 있는데 "너에게 무상심리묘법이 모처럼 하늘에서 내려오신다"라는 말과 동시에 A4용지가 들어가는 누런 색깔의 4호 봉투 두 개가(봉투 속에는 무슨 내용물이 적힌 용지들이 두껍게 들어 있었어요 두 개다) 책꽂이에 가지런히 꽂혀 있는 것이 보였어요.

봉투 속에 들어 있는 용지에 무슨 내용들이 적혀 있는지 알 수는 없지만요. 그리고 다른 한 문장이 더 있었던 것 같은데 예의 문장만 기억하고 다른 문장은 정신을 차리자마자 잊어버린 것 같아요. 좀 안타깝지만.

선도체험기 보면 가끔 푸른 빛깔과 보라 빛깔이 섞인 것 같은 (보라 빛에 가까워요) 빛이 언듯언듯 자주 비치는 것 같구요. 요즘은 생활하면서도 빛이 가끔 보여요. 빛이 확실하지는 않지만 그렇습니다.

빛이 보일 때는 보라나 푸른 빛깔만이 아닌 마치 별처럼 빛깔이 반짝반짝 빛이 나요. 처음 제가 메일 드렸던 내용 기억하시나요? 밤에 누워 있는데 몸이 바닥에 닿은채 5cm 정도 위로 올라갔다 내려오면서(마치 파도가 바위에 찰싹 부딪치다 가듯이 아주 순간적인 찰라입니다. 아주 리드미컬하고 탄력있게요.)

들렸던 말 "인도한다. 석가모니" 이 내용을 다시 상기하는 것은 그때도 굉장히 피곤했었거든요. 가만 생각해 보니 꼭 이런 이상한 현상이 있을 때마다 굉장히 피곤하다는 거예요. 머리도 피곤하고, 몸도 피곤하고. 웬만하면 시간이 아까워 누워있을 때도 책을 보려고 하는데 너무 피곤해서 누워서 책도 못 볼 정도로 많이 머리가 피곤하고 더 이상 앉아 있을 수도 없을 만큼 몸도 많이 피곤하다는 거예요.

오늘도 그런 일이 있고 정신 차리고 시간을 보니 오후 2시 28분이었어요. 그리고 지금까지 피곤해서 누워 있다가 아무리 생각해도 혼자서는 잘 몰라서 메일 드려봅니다. 혹 이런 일이 좋지 않은 것은 아닌가요? 그냥 혼자서 생각하는 것보다 선생님께 얘기드려 보는 것도 괜찮을 것 같아서요^^. 또 뵙겠습니다. 감사합니다!

2013년 9월 9일 전희주 드림

P.S 몸도 피곤하고 예의가 아닌 줄은 알지만 두서없이 적어 봅
니다. 용서하셔요.

감사합니다!!

[회답]

수련 중에 심신이 피곤하고 색깔이 보이고 이상한 말이나 소
리가 들리고 하는 것은 선도수련 초보자에게 흔히 일어나는 현
상입니다.

이럴 때는 그런 현상에 일일이 지나치게 신경을 쓰지 마시고
계속 선도체험기를 읽고 단전호흡을 하는 등 일상적인 수련을
꾸준히 밀고나가야 합니다. 그러는 사이에 운기運氣가 강해지고
몸도 마음도 점차 좋아지면서 수련이 향상하게 됩니다. 선도체험
기는 구도자가 수련이 진전되어나가는 과정을 있는 그대로 묘사
한 책이므로 많이 참고가 될 것입니다.

빙의령 때문에 힘이 듭니다

안녕하세요. 선생님. 부산의 박비주안입니다. 8월말에 방문하고 이제 메일을 드리게 되네요. 늘 마음은 메일을 몇 줄씩 쓰고 있는데도 저의 부족함과 부도덕함, 부끄러움 때문에 아직까지 저 자신을 드러내는 데 익숙하지 않은가 봅니다.

저는 지난번 면접 본 곳에서 연락이 와서 재면접을 본 후 취직이 되어 지난주부터 조리원으로 일하게 되었습니다. 하는 일 없이 허송세월만 하고 가족들에게 큰 짐만 됐던 저로서는 열심히 착실히 살아보겠다는 각오로 일을 시작하게 되었습니다.

그렇지만 가족관의 갈등, 몇 안되는 친구지만 원만하지 못했던 친구관계, 빙의로 보낸 시간들로 복잡한 저만의 생각의 늪에 빠져 지내다 보니 자신감 저하, 인지능력 상실, 기억력 감퇴(참 많기도 하지요) 등으로 다시 정신과 약을 먹기 시작한 상태에서 사회에 적응하기 쉽지 않은 벽에 부딪친 것 같습니다.

제가 일하는 곳이 오픈된 푸드코너라 빙의령이 상당히 들어옵니다.

가슴이 갑갑한 채로 정신력으로 버텨 가고는 있지만 머리끝까지 답답함이 밀려오고 슬프고 애달프고 화가 치미는 등 복잡한 감정이 뒤섞인 채 일에 집중이 안되고 저희 파트에 아주머니들 3명이 같이 일하고 있지만 마음이 잘 맞는 분위기가 아닙니다.

그런데다 늘 혼자이기 좋아하던 저의 습성 때문에 사람들과 쉽게 어울리지도 못할 뿐더러 저는 아직 일을 배워가는 과정이긴 하지만 아주머니들도 일에 있어 저의 헛점을 다보고 아시고는 쓴소리를 하십니다.

그러니 스트레스가 쌓이게 되어 어제까지 5일을 일한 상황에서 그만둘까 고민을 했습니다만, "너한테 주어진 기회를 잘 이용해라" "여기서 포기하면 무슨 일을 해도 소용없다" 등 "니는 그냥 방구석에서 푹푹 썪어라(^^;)" 는 언니의 다독여주는 칭찬과 쓴소리와 늘 자식 뒷바라지로 고생하시는 어머니의 사랑으로 다시 힘입어 오늘은 하루 쉬고 낼 다시 출근할 예정입니다.

선생님 제가 이 난관을 지혜롭게 잘 극복했으면 좋겠습니다. 반복되는 빙의령 때문에 힘들고 집중력이 저하되고 기억력조차도 흐릿해지는 게 어떻게 하면 빙의령을 물리칠 수 있을까요?

관을 하라고 말씀하신 적이 있는데 관이라는 게 저 자신만 관하면 되는 것입니까? 아니면 나와 주변과 사물을 관해야 하는 것입니까?

벌써 독서의 계절 가을이 왔네요. 책만큼 좋은 스승은 없는 것 같습니다. 물론 선생님도 계시지만. 그럼 선생님 사모님 쌀쌀해진 날씨에 건강하시길 바랍니다.

2013년 9월 11일 박비주안 올림.

[회답]

빙의가 되었을 때는 그 빙의령이 보이지 않아도 빙의가 된 것은 사실이므로 그 사실 자체를 관찰해야 합니다. 꾸준히 지속적으로 그 빙의령이 떠날 때까지 관찰해야 합니다. 그리고 그 빙의령의 영향이 미치는 범위 안의 모든 것을 관합니다.

집안에 도둑이 들었을 때 집 주인이 자기를 보이지 않는 곳에서 감시하고 있다는 것을 알면 심리적으로 위축이 되어 오래 버티지 못하는 것과 같은 이치입니다.

그래도 빙의령이 떠나지 않으면 단전호흡을 하면서 천부경, 삼일신고, 대각경 등을 암송하기 바랍니다. 그리고 환경이 허용하면 선도체험기 중에서 박비주안 씨가 좋아하는 부분을 읽어보세요. 그리고 최근에 발간된 선도체험기들에 등장하는 김수연, 조성용 씨의 메일과 필자의 회답을 참고하시면 많은 도움이 될 것입니다.

한의사 면허시험 패스

김태영 선생님께, 그동안 별고 없이 안녕하신지요? 전 2010년 6월까지 삼공재에서 거의 매일 수련하고 미국 한의대로 유학온 김종완입니다. 수련은 제 처와 같이 대주천까지 하였구요. 근 4년 만에 연락드리는 점 용서하십시오.

처음 뉴욕으로 가서 1년여 있다가 여건상 로스엔젤리스로 이사하여 올해 한의대학원 과정을 마치고 캘리포니아 한의사 면허시험에 최근 패스했습니다. 연방 면허시험도 부분적으로 패스해 놓은 상태입니다.

현재는 엘에이 동쪽의 작은 도시에 살고 있습니다. 2010년 출국 당시, 여러 가지 복잡한 집안사정이 있어 제 처와 자식까지 데리고 나올 수밖에 없던 상황이었고 그러다 보니 미국에서 생활하는 동안 생활비, 학비 등을 자체 충당하는 데 전력을 다할 수밖에 없었습니다.

다행이도 한의학은 공부가 조금 되어 있었기에 공부를 거의 하지 않고도 하루하루 바쁘게 생활하면서 돈을 벌어가며 모든 과정을 마무리할 수 있었습니다. 근 3년 반의 시간 동안 참으로 많은 시련이 있었고 매일매일 돈에 대한 걱정과 어떻게 헤쳐 나가야 하나 하는 그런 불안감 속에 수련도 많이 하고 또한 더욱 더 성장해 나가는 저와 제 처를 볼 수 있었습니다.

한국에서 가져온 선도체험기 100권은 미국 입국할 때부터 큰 힘이 되고 있습니다. 책꽂이에 꽂아두고 항상 선도에 대한 생각을 놓지 않으려 하고 있습니다. 불안하거나 힘들거나 즐거울 때 언제나 저와 함께하고 있습니다. 100권이나 되는 많은 책을 모두 읽고 또 읽고 있습니다. 2010년에 가르침을 받았을 때 왜 그리 역정을 내셨는지도 알게 되었습니다.

다음 달엔 비록 간소하지만 한의원을 개원하려고 준비하고 있고 다음 주에는 영주권 신청을 위해 스폰서해줄 한의사 분과 유태인 변호사를 만나러 갑니다. 예정대로라면 1년 정도면 영주권을 받을 수 있습니다. 일정에 차질이 없도록 돌다리도 계속 두드리고 건너는 심정으로 가야할 것 같습니다.

삼공재에서 수련하던 그 시절이 몹시 그립습니다. 하지만 영주권 진행으로 앞으로도 최소한 1년은 있어야지 선생님을 뵐 수 있을 것 같습니다. 편지로 뵙고 싶은 마음을 대신 전하겠습니다. 항상 감사합니다.

2013년 9월 18일, 미국에서 김종완 드림

[회답]

한의사 면허시험에 합격한 것을 축하합니다. 3년 전에 김종완, 유정희 씨 부부를 권오중 씨의 부탁을 받고 얼떨결에 대주천 수련을 시켜놓고 나서 나는 나 자신의 경솔함에 역정이 났던 것은 사실입니다.

대주천 수련자는 누구를 막론하고 그때까지 나온 선도체험기를 다 읽어야 한다는 불문율을 나도 모르게 어긴 것을 알았기 때문입니다. 대화중에 두 분이 선도에 대해서 너무 모르고 있는 것을 보고 간파한 것입니다.

그러나 지금 메일에서 김종완 씨가 선도체험기를 100권까지 다 읽고 또 읽고 있다는 사연을 읽고는 그것이 다 기우였다는 것을 알게 되어 참으로 다행입니다. 물론 유정희 씨도 같이 읽었으리라 생각합니다.

선도체험기는 지금 107권까지 출판되었습니다. 그동안 삼공재는 먼저 있던 곳에서 차로 10분 거리 되는 곳으로 이사했습니다. 다시 만날 때까지 수련 상황에 대하여 이메일로 자주 알려주기 바랍니다. 유정희 씨도 메일 보내주시기 바랍니다.

고난을 이길 수 있었던 원동력

선생님! 안녕하세요? 선생님께 대주천 수련받고 바로 미국으로 건너온 유정희입니다. 저를 잊지 않고 기억해주셔서 정말 감사드립니다. 남편에게 이야기 듣고 얼마나 감동받았는지 모릅니다.

그간 안녕하셨습니까? 한국에서 선생님께 수련받던 기억이 엊그제 같은데. 삼년이라는 시간이 흘렀습니다. 어떤 이에게는 짧다면 짧은 시간이겠지만.

머나먼 타국에서의 삶은 녹록치 않았고 그간 둘째도 태어나고 그 아이가 벌써 두 살이 넘었습니다. 저희 네 식구 다른 누구의 도움도 받지 않고 그 시간들을 견뎌내고 이제는 한발 더 앞으로 전진하고자 하는 시점입니다.

남편(김종완)이 모든 과정을 다 끝마치고 이제 한의원을 오픈하려고 합니다. 그동안의 고생은 말로는 다 못 할 만큼 힘들고 힘든 시기였으나 김태영 선생님과 권오중 선생님, 그리고 제가 제일 소중하게 생각하는 책 '선도체험기'로 이 모든 힘든 고난을 넘길 수 있었던 원동력이 되었습니다.

늘 힘들 때나 슬플 때, 경제적으로 쪼들릴 때, 사람과의 관계에서 상처받았을 때 선생님과 책이 없었다면 주저앉고 될 대로 되라 하면서 살았을지도 모릅니다. 늘 제 자신을 돌아보고, 관을 하고, 이기심에서 벗어나고자 노력합니다.

선생님! 한국에서 선생님을 뵈 온 것은 저에게는 정말 보석 같은 빛나는 순간이었고 천재일우였습니다. 수련을 하고 바로 미국으로 건너오게 되었으나, 그 소중한 순간들이 없었더라면 저는 한낱 나약한 범인이었을지도 모릅니다.

그런 나약한 저를 유연하면서도 강하게 만들어주신 점, 정말 가슴 깊이 감사드리고 수련 또한 더욱 더 열심히 하겠습니다.

선생님 정말 감사드립니다.

2013년 9월 21일 유정희 올림

[회답]

3년 전 유정희 김종완 부부가 불과 한 달 동안의 대주천 수련을 마치고, 곧 미국으로 떠난다고 말하는 순간 나는 공연히 헛수고를 했구나 하는 자책을 느꼈습니다. 그러나 최근에 뜻밖에도 김종완 씨에 이어 유정희 씨로부터 절절한 사연의 메일을 받고 나니 내가 결코 헛수고를 한 게 아니고 대단히 보람 있는 일을 했구나 하는 자부심을 갖게 되었습니다.

두 아이를 기르면서 남편 뒷바라지와 가정 살림을 도맡아야 하는 일이 결코 녹록한 일이 아니겠지만 앞으로도 지금까지 해 온 것 이상으로 분발하여 수련에도 계속 박차를 가해주시기 바랍니다.

수련을 하다가 의문이 생길 때마다 주저하지 말고 나에게 메일을 보내주시기 바랍니다. 이렇게 오가는 메일이 쌓이면서 수련도 깊어지게 될 것입니다.

힘이 나고 수련이 잘 됩니다

김태영 선생님께,

답장이 늦어 죄송합니다. 전에 있던 삼공재는 정이 많이 들었던 곳인데. 좋은 곳으로 이사하셨을 것이라 생각됩니다.

캘리포니아 한의사 면허는 어제부로 주정부에서 검색 가능하도록 정식 등록되었습니다. 이제는 미국 정착을 위한 본격적인 절차를 진행해야 합니다. 앞으로 한 달여 동안 부지런히 뛰어야 할 것 같습니다.

내일은 영주권 담당 변호사 및 스폰서 해주실 분과 서류 검토를 하여 영주권 진행에 따른 가능 여부를 확인해야 합니다. 그리고 한의원 서브리스 자리도 여러 곳 보고 적합하면 계약을 해야 합니다.

오행생식의 한상윤 사장이 미국에서 사업을 추진 중에 있어서 일전에 서너 번 만난 적이 있습니다. 타국에서 오행생식을 알리기 위해 현지에 맞는 여러 가지 제품을 개발해가면서 노력하시는 모습이 보기 좋았습니다. 저를 신분적으로 도와주시려고 하셨지만 현재 저의 특기와 자격이 식품회사와는 맞지 않아 도와주시려다 현실에 부딪쳐 중단되었습니다.

161

선생님께 회신 받고 나니, 더욱 힘이 나고 수련이 더 잘 됩니다. 예전 삼공재에 매일 다닐 때와 비슷합니다. 꼭 정화된 느낌입니다. 마음가짐도 그때와 같습니다. 감사합니다. 한 가지 아쉬운 점이라면 매일 선생님을 뵙고 수련을 했으면 좋았겠지만 선도체험기와 수련 중에 보이는 선생님 모습으로 위안을 삼겠습니다.

전에 대주천 수련 후, 약 6개월 정도 지났을 때 입니다. 대주천 수련 때처럼 선생님을 앞에 두고 기 교류를 하고 있었는데 선생님의 모습이 눈부터 아주 밝은 빛으로 변하시더니 몸 전체가 투명한 빛을 발하는 것이었습니다.

그 후로도 계속 그런 모습이 보였습니다. 그러면서 무의식중에 선생님의 경지가 많이 높아지셨구나 하는 느낌이 들었습니다. 나도 열심히 수련해서 빛과 같은 존재가 되어야겠다고 다짐했습니다.

2011년 봄부터 호흡 수련을 할 때 몸의 움직임이 현묘지도 수련 호흡처럼 그러한 순서로 움직이기 시작했습니다. 그동안 여러 가지 좋은 변화 나쁜 변화가 있었습니다. 기 몸살을 심하게 앓아서 한때 미국 국내선 비행기를 탈 때 이착륙 시에 머리가 찢어지는 느낌이 나서 비명을 지를 번한 적도 있었고 집중하거나 아니면 무의식중에 영가가 보이고 가끔은 몸에 들어오기도 하지만 염념불망의수단전하면서 중심을 잡고 제 자신이 바뀌어야 천도가 되는 것을 알기에 틈날 때마다 관을 하고 제가 바뀌려고 노력했습니다.

모든 것은 다 저한테서 시작되었다는 것을 이제는 알기에 예전에는 벌어지는 현상에 관심이 많고 혹했다면 지금은 그것은 항상 있는 일상생활처럼 무덤덤하고 당연한 것으로 받아들입니다. 그냥 때가 되어 만나야 할 인연을 만나듯.

2012년 1월이었습니다. 운전을 하고 가는데 갑자기 삐~ 하는 귀가 터질 듯한 소리와 머리가 깨지는 것 같은 통증 그리고 기분 나쁜 기운이 들어오고 있었습니다.

순간 운전하면서 단전에 집중하고 관을 하려다 안 되어 대로에서 좌회전 차선에 세웠지만 끝내 통제할 수가 없다가 사고나겠구나하고 느꼈을 때쯤 뒤에서 차가 저를 심하게 들이받았습니다.

그곳은 그렇게 사고가 날 수 없는 곳입니다. 상대는 20대 한국 유학생이었고 많이 놀라고 있어서 달랜 후, 범퍼를 근처 공업사에 가서 확인한 후에 괜찮겠다 싶어서 차 한 잔 대접하여 그냥 보내주었습니다. 제 목과 허리에 상당한 타격이 있어 근 한 달여 자가치료를 하였습니다만 전생의 빚을 갚은 것 같아 마음이 몹시도 가벼웠습니다.

연락을 못 드린 지 너무 오랜 기간이고 그간 여러 가지 일이 많아서 어디서부터 어떻게 적어야 할지 모르겠습니다. 앞으로 수련을 진행하면서 틈틈이 메일 드리도록 하겠습니다.

제 처와 항상 힘들 때마다 마음을 다지고 흔들리지 않기 위해 얘기하던 것이 있습니다. 우리의 최고이자 최종 목적은 성통공완을 이루는 것이고 현재의 가는 길은 그 최종 목적 이루기 위한 준비과정일 뿐이라고.

선도체험기를 권수별로 다시 확인해보니 100권이 얼마 전 이사할 때 분실된 것 같습니다. 선생님 사인까지 있는 것인데 분실해서 죄송합니다. 선도체험기는 100권부터 105권까지 구입하고 싶습니다. 어떻게 해야 하는지요? 자주 연락드리겠습니다.

2013년 9월 26일 미국에서 김종완 드림

[회답]

성통공완이란 자기도 모르게 하루하루 일상생활처럼 수련을 해나가다 보면 도달하게 되어 있는 우아일체(宇我一體), 신아일치(神我一致)의 경지입니다. 바르고 착하고 지혜롭게 일상을 살아나가다 보면 누구나 그렇게 될 것입니다. 정선혜(正善慧)를 늘 염두에 두시기 바랍니다.

가능하면 나와 이메일을 자주 주고받는 것이 수련에 큰 도움이 될 것입니다. 적어도 일주일에 한번은 메일을 보낸다는 각오로 임해주시기 바랍니다.

나는 누구에게서든지 메일을 받으면 회답을 거른 일이 없습니다. 지금까지의 실례로 보아 이메일 문답이 중단되는 원인은 언제나 발신자가 나의 회답을 받고 응답하지 않기 때문입니다. 김종완 씨는 부디 그런 일이 없기 바랍니다.

선도체험기의 내용 중 70% 이상은 필자와 독자 사이에 오고가는 대담과 의견으로 채워지고 있습니다. 앞으로 김종완 씨도 이 일에 큰 몫을 하시기 바랍니다. 그것이 지금까지 선배 수행자들에게 진 신세에 보답하는 길이 될 것입니다.

선도체험기 100권에서 105권까지의 6권의 책값은 7만 3천원이지만 항공료는 우체국에 가서 부쳐보아야 압니다. 그러니 김종완 씨의 정확한 주소를 먼저 보내주시면 그 주소지로 책을 발송한 뒤에 대금을 청구하겠습니다.

2013년 9월 27일 삼공

제삿날 옮기는 문제

스승님께, 편안한 한가위 보내셨는지요?

이전에 제사는 정성이 중요하다는 말씀을 선도체험기를 통해서 하신 적이 있습니다. 요즘은 일가친척이 예전처럼 근처 마을에 흩어져 살고 있지 않고 전국 각지에서 살고 있습니다. 제삿날이 평일이면 함께 모이기 힘들어서 제사가 있는 해당 주말에 제사를 모시는 가족들도 있는 것 같습니다.

'귀신같이 알고 찾아온다'는 옛말처럼 제삿날이 평일이면 그 주 주말로 옮겨 멀리 떨어진 가족들과 같이 모셔도 될까요? 조상님들이 제삿밥에만 흥겨워하실지, 아니면 제사 지내는 구성원도 보실지 모르겠습니다만 여행 중에 호텔에서 지내는 사람들에게 변명의 구실을 주는 것은 아닌지 모르겠습니다.

스승님의 고견을 듣고 싶습니다.

2013년 9월 28일 부산에서 하연식 올림.

[회답]

우리가 제사 지내는 조상신은 시공을 초월한 존재입니다. 그러므로 가족들 사이에 합의만 된다면 제삿날을 며칠 앞당기든가 뒤로 미루어도 상관없습니다. 부득이하게 외지에 여행 중일 때는 호텔에서 제사를 지내도 됩니다. 조상신은 자손들의 정성을 보지, 형식을 보는 것은 아니기 때문입니다.

하연식 씨는 어떻게 그렇게 장담할 수 있느냐고 반문할지 모르겠지만 내가 경험한 바로는 확실합니다. 나 역시 비슷한 경우를 겪어보았기 때문에 자신 있게 말할 수 있습니다.

지금은 비록 내 말에 의아해할지 모르지만 앞으로 수련이 진전되어 영안이 열리면 제삿상 받으려 오시는 조상신령들을 화면으로 볼 수 있을 것입니다. 부디 수련에 분발하시기 바랍니다.

관절염 중증환자

김태영 선생님께,

보내주신 메일은 잘 받았습니다. 정선혜를 항상 염두에 두고 살아가도록 하겠습니다. 이메일에서 말씀드린 것처럼 일주일에 한번은 메일을 보내도록 최선을 다하겠습니다. 선생님을 생각하며 이메일 쓰는 것만으로 몸에서 강한 운기가 됩니다. 꼭 옆에 계신 것 같습니다. 부족한 제자에게 이렇게 계속 기회를 주시니 정말 황송할 따름입니다. 그리고 이것이 선배 수행자님들에게 진 신세에 보답하는 길이라면 더욱 더 그렇게 하겠습니다.

이번 주는 영주권 진행에 따른 서류를 준비하고 있는데 그 중의 서류 하나가 문제가 되어 그것을 해결하기 위해 뛰어 다니느라 연락을 드릴 경황이 없었습니다. 학생 신분으로 미국에 온 사람은 학업 중엔 원천적으로 합법적인 근로를 할 수 없는 것이 이민법인데 저 같은 경우는 첫 1년을 제외하고 모든 돈을 미국에서 벌어서 생활했기 때문에 한국에서 돈이 입금된 내역을 제시할 수가 없는 것이 문제였습니다.

아주 낮은 확률이지만 이럴 경우, 이민국 마지막 단계에서 발견되면 이민법 및 과세법에 의한 범법자가 될 수 있기에 주변 사람들을 통해 실력 있다는 변호사들을 통해 다각도로 알아보고 해결방법을 찾았고 해당 서류 준비를 거의 마쳤습니다. 하마터면 영주권 진행을 할 수 없는 상황까지 갈 수 있었습니다.

한의원 Sub-Lease를 알아보던 중 예전 오행생식 원년 멤버인 이미란 오행생식원장을 우연히 만나게 되었습니다. 이미란 원장은 전신 류머티스 관절염으로 관절 변형이 일어나 한때 버스도 못타고 다닐 정도로 극심한 통증과 관절 운동범위가 제한되었다가 현성 선생님을 만나고 호전되어 현재의 활동을 할 수 있게 되었다고 하였습니다.

좋아졌다고는 하지만 큰 관절들이 제한되어 있어 한 눈에 류머티스 관절염 중증환자구나 하고 알 수 있었습니다. 한의원을 임대로 내놓아서 보러 가서 오계맥진표를 보고 서로를 알게 되고 오랜 시간 얘기를 하게 되었는데 수도 없는 저급 영가들이 이미란 원장을 둘러싸고 있는 것이었습니다.

영가들의 영향에 따라 그분의 성향이 수시로 변하고 또한 왼쪽 귀에서 영가가 귀에 속삭대면 이원장님이 수시로 말을 바꾸고 등등 수많은 영가들의 영향을 받고 있었습니다. 중간 중간 신에 들린 사람처럼 본인은 예전에 사주를 귀신처럼 보던 사람이고 또 여러 가지 보이는 것이 있다고 하는 것이었습니다.

제 보호령이 허락하기에 간단히 물어보았습니다. "혹시 영에 의해 영향을 많이 받으시죠?" 이원장님은 대답했습니다. "제 하체 부분 아래에 따뜻하고 은은한 기운이 저를 감싸고 도는 것이 느껴지는데 왜 그러시죠? 일종의 보호령이 저를 도와주고 계십니다. 뭐가 보이시면 알려주십시오."

그래서 "저는 영에 의해 영향을 좀 받으실 것 같아서 여쭤보는 것입니다. 저도 잘은 모르고 그냥 느낌대로만 말씀드린 것입니다"라고 말씀드렸습니다. 그리고 그 후, 제 처와 같이 그분과 약속을 다시 잡고 사무실을 보고 그분과 계약에 따른 마지막 질문을 했습니다. 제 처 역시 영가에 대해서 언급을 하더군요.

사무실을 같이 쓰기를 원하셔서 결론적으로 계약을 하지 않았습니다. 제가 처음 선생님을 뵈었을 때 선생님께서 저의 저런 모습을 보시고 저를 이끄는데 얼마나 힘드셨을까 하는 생각이 문득 들었습니다. 철이 드나봅니다.

책을 받을 제 주소는 다음과 같습니다.

Mr. Kim, Jong Wan
Alhambra, CA 91801 USA

책을 보내주시고 은행명 계좌번호 등을 알려주시기 바랍니다. 제 계좌가 미국 우리은행이기 때문에 아무리 늦어도 1~2일이면 입금됩니다.

항상 건강하시고 다시 연락드리겠습니다.

2013년 10월 4일 김종완 드림

[회답]

　빙의령에 관한 것은 면밀하게 관찰하여 일정한 결론이 날 때까지 집요하고 추적해야 합니다. 그래야 일정한 단계에 도달할 수 있고 거기서부터 다시 새 공부를 시작할 수 있습니다.

　책은 10월 7일에 부쳤습니다. 책값 73,000원, 항공우송료 40,500원 합쳐서 113,500원입니다. 계좌번호: 국민은행 431802 - 91 - 103970(예금주 김태영)

수련 상황 말씀드립니다

안녕하십니까? 저는 정신장애 3급 장애인 김택수(구성원)입니다. 우선 수련 상황부터 말씀드리겠습니다. 매일 걷기 운동을 하며 도인체조는 정신병원에 한 달간 입원해 있을 때 OOO에서 와서 하므로 병원에서 도인체조를 하다가(일주일에 한번) 지금은 제주시 아라 주공아파트인 제 집에서 오라동 외가댁이며 동생과 어머님 그리고 작은 삼촌, 삼춘 큰아들과 중국인 제수씨라고 해야하나요?

그리고 작은 아들과 그 며느리와 함께 사시는 외할아버님과 외할머님께서 사는 곳으로 매일 버스 안 타고 걸어서 갑니다. 그리고 헬스기구가 있어서 이것도 합니다. 오행생식은 아직 안 하고 있으나 체질대로 먹으려고 하고 있습니다. 일주일에 한번 골다공증이 있으신 어머님과 한라산 어승생악에 다녀옵니다.

첫째 동생과 같이 갈 때도 있습니다. 콜라는 운동하면서 완전히 끊었으며, 담배는 아직 끊지 못 했습니다. 기공부는 제가 평맥이 아니기 때문에 훈장님에게 한자 공부할 때 허리를 왔다 갔다 하며 허리 운동을 하며 행주좌와어묵동정 염념불망의수단전을 하려고 노력합니다. 기공부 책을 하나 구입하여 읽어 보니 기초가 아주 중요하다는 것을 느꼈습니다.

선불교에 다녀 볼까 하는데 작가님 생각은 어떻습니까? 마음공부는 선도체험기를 105권까지 읽었으며 성경과 불경을 틈틈이 읽습니다. 소설 단군은 참전계경만 모두 필사를 마쳤으며, 지금도 항상 가지고 다니며 읽고 있습니다.

저의 어머님이 천주교 신자이고 저도 천주교 신자여서 요즘 일요일마다 성당에 나가고 있습니다. 한국인에게 역사는 있는가? 라는 책도 구입하여 읽었습니다. 위암으로 돌아가신 아버님은 불교도입니다.

명절날에 돌아가신 걸로 알고 있어서 명절날에 아버님 제사를 지냈습니다. 삼공 작가님의 선도체험기에 불경 내용이 많이 나와서 불교도 친숙해져서 천주교 신자인 큰 동생과 관음사에도 같이 갔다 왔습니다. 우리는 산신각에 가서 돈 넣고 향 피우고 소원을 빌었습니다.

4346(2013)년 9월1일부터 9월 30일까지 정신병원 신세를 좀 졌습니다. 이상 그만 쓰겠습니다.

단기 4346년 불기2557년 서기 2013년 10월 8일 화요일
삼공 작가님의 열렬한 골수팬인 정신장애 3급 장애인 신분인
김택수(金澤水)올립니다.

[회답]

오늘 메일을 읽어보니 전번 것보다 훨씬 더 문장에 조리가 서 있어서 좋았습니다. 그런데 선도체험기를 105권까지 읽은 선도수 행자인 김택수 씨가 아직도 담배를 피우고 기복신앙인들처럼 산신각에 가서 돈 넣고 향 피우고 소원을 비는 것은 어울리지 않습니다.

김택수 씨는 비록 6, 7성이라고는 하지만 수련 여하에 따라 앞으로 얼마든지 좋아질 수 있다는 희망을 가지기 바랍니다.

그리고 항상 단전을 의식하고 숨을 깊고 길고 가늘고 고르게 쉬시기 바랍니다. 심장세균(深長細均)을 잊지 말아야 할 것입니다. 그렇게 하면 소우주인 우리 몸은 호흡의 길이를 스스로 조절하여 6, 7성이 점차 사라지게 될 것입니다.

선도체험기에 나오는 김수연, 조성용 씨의 경우를 벤치마킹하여 계속 분발하기 바랍니다. 꼭 주의할 것은 이제부터는 정신장애 3급 장애인이라고 자기 자신을 한정시키지 말아야 합니다. 무한히 뻗어나갈 수 있는 자기 자신을 그렇게 스스로 한정해 놓는 자기비하야말로 어리석음의 극치입니다.

통일에 대비한 꿈

삼공선생님께,

날씨가 제법 쌀쌀해졌고, 일교차가 무척 큽니다. 지난번 다치신 곳은 다 완쾌되셨는지요?

8월초까지 주기적으로 찾아뵙다가 거의 두 달 동안 찾아뵙지 못했습니다. 9월 해외출장 그리고 9~10월에 인사이동이 있어서 그랬습니다. 회사 내 및 국토교통부에서 교통 SOC를 앞으로 과거보다 체계적으로 계획수립하고 집행해 달라는 숙제를 부여받았습니다. 그래서 과거에 제가 책임져야했던 조직원 수와 규모보다 대폭 늘었습니다. 걱정도 되지만 성심성의를 다하여 업무를 수행하려고 합니다.

간밤에는 교통 SOC 관련 도로, 철도, 항공 등의 투자를 통일 대비 어떻게 해야 할지 고민하는 꿈도 꾸었습니다. 선생님의 말씀처럼 대륙으로 향할 우리나라의 미래를 생각한다면 저의 업무가 상당히 중요하다는 생각이 듭니다. 고민도 되지만 즐겁고 감사한 마음입니다.

주어진 직책과 일 때문에 과거보다 방문 횟수는 줄어들겠지만 꾸준히 삼공재 방문하고자 합니다. 10월 16일에 삼공재에 방문하고자 합니다. 감사합니다. 선생님.

2013년 10월 13일 일산에서 김찬성 드림

[회답]

염려 덕분에 다친 다리는 내가 사는 아파트 인근을 하루에 30분식 지팡이 집고 보행할 정도로 회복되었습니다. 김찬성 씨 같은 국토교통부직원이 통일에 대비한 구체적인 계획을 세울수록 그 꿈은 현실화될 가능성이 높아갈 것입니다. 그런 계획을 세우는 사람이 많으면 많을수록 통일은 가까워올 터이니까요. 사람이 하는 일은 마음속에서부터 시작되기 때문입니다.

16일 오후 3시에 기다리겠습니다.

큰 욕심부리지 않고

선생님 안녕하세요.^^

세월이 참으로 빠르게 흘러가는 것 같습니다. 새벽에 일어나서 운동장을 돌다보면 손이 시려 옵니다. 이러다가 금방 겨울이 오고 한해가 지나가겠지요. 선생님의 선도체험기를 접하면서 수련의 길로 들어는 섰지만 아직은 잡히는 것이 없으니 무엇이라 말씀 드릴 것이 없습니다.

새벽 4시에 일어나서 108배와 명상 30분을 하고 난 후에 학교 운동장을 1시간은 꾸준히 돌고 있습니다. 등산이나 다른 것은 거의 못하고 있습니다. 큰 욕심부리지 않고 내 형편에 맞게 이렇게라도 꾸준히 밀고 나가다 보면 잡히는 것이 있겠지요.

항상 감사하는 마음으로 살겠습니다.

몸 건강히 안녕히 계세요.

2013년 10월 14일 박경애 올림

[회답]

학교운동장 돌 때 등산 대신하는 셈치고 달리기를 하시는 것이 좋습니다. 그리고 시간 나는 대로 단전호흡을 열심히 하여 단전이 따뜻하게 달아오르도록 하셔야 합니다. 단전호흡으로 승부를 본다는 결심을 하고 정성을 해야 합니다.

술을 끊었습니다

삼공 스승님 그간 안녕하십니까.

무더웠던 지난 여름이 어느덧 가버리고 찬바람이 싸늘한 가을이 왔습니다. 우리의 젊음이 지나갔듯이 계절도 그렇게 가버렸습니다. 저는 이번에 굳은 결심을 하고 술을 끊었습니다. 오늘까지 41일째입니다.

그동안 나름대로 수련을 해왔지만 번번이 술 앞에서 지는 바람에 단전에 기가 모일 겨를이 없었습니다. 하지만 이번에는 현재까지는 성공적입니다. 그러니까 선도체험기 2권에 나오는 축기 4급에 해당됩니다.

그리고 이번 주 토요일에 스승님을 방문할 예정입니다. 허락하여 주십시오. 재작년에 찾아뵙고 2년 만입니다. 스승님 댁 옮기신 아파트 주소를 잊었습니다. 다시 한번 알려 주십시오.

토요일 2시부터 4시까지 수련시간인 것으로 기억하고 있습니다만 변동은 없는지요? 그럼 뵙는 날까지 안녕히 계십시오.

2013년 10월 15일 부산에서 마윤일 올림

[회답]

술을 41일째나 끊었다니 다행입니다. 그러나 앞으로도 술을 완전히 끊으려면 본격적으로 수련을 시작해야 합니다. 그러자면 오행생식도 함께 해야 할 것입니다. 내 체험에 따르면 오행생식이 정착되어야 술과 고기가 생리적으로 싫어지기 때문입니다. 일시적인 충동만 갖고는 어려울 것 같으니 심사숙고하여 결정하시기 바랍니다. 그렇게 할 결심이 서면 19일(토요일)에 오후 3시에 오셔도 됩니다. 새로 이사한 주소는 강남구 삼성2동 한솔 아파트 101동 1208호입니다. 2014년 1월 2일에 102동 508호로 또 옮겼습니다.

[마윤일 씨의 회답]

삼공 스승님께

친절하신 답장 감사합니다. 실은 제가 지금 먹고 있는 생식은 2년 전 스승님께 구입한 것입니다.

그때 먹다 남았는데 지난 한달 동안 다 먹고 이번 방문에 새로 구입하려고 합니다. 생식과 수련 중에 몸무게가 7kg 빠져서 지금은 55kg입니다.

요즈음 수련 중에 제일 고민은 식욕입니다. 저녁식사 후에 군것질을 자꾸 하게 됩니다. 몸무게는 변동이 없는데 운동량이 늘어서인지 술은 생각이 없는데 무엇인가 자꾸 먹고 싶어집니다.

특히 식후에 TV를 보면서도 저 자신의 고민을 관하고 있으니 무언가 해결책이 나오겠지요. 며칠 후 이번 토요일에 뵙겠습니다.

[회답]

생식을 하는데도 식후에 군것질을 하게 되는 것은 생식 양이 모자라기 때문입니다. 만약에 생식을 세 숟가락을 했는데도 식후에 군것질을 하게 되면 배가 완전히 찰 때까지 생식 양을 계속 늘여나가야 합니다. 그것이 해결책입니다.

한 달 일하고 그만 두었습니다

선생님 안녕하십니까? 부산의 박비주안입니다. 날씨가 많이 쌀쌀해졌습니다. 가을 같지 않은 날씨입니다. 그 옛날 가을 날씨가 그립군요! 저는 푸드코너에서 한 달을 일하고 그만두게 되었습니다. 미리 그만 둔다는 제 의사를 밝혔지만 일을 계속해야 할지 그만두어야 할지 다시 갈림길에 서게 되고 불분명한 제 의사가 상부에 전달됨으로써 그만두게 되었습니다.

사실 저는 돈을 모으려면 이곳저곳 직장을 옮겨 다니는 것보다 한곳에서 지긋이 일을 해야겠다는 일념으로 일이 조금씩 안정이 되고 주변 분위기도 어느 정도 친숙해지면서 계속 이곳에서 일을 해야겠다는 생각이었지만, 뭐 좋은 사회경험을 했다고 생각하고 있습니다.

그동안 쉬면서 못 읽은 선도체험기, 책들, 운동을 하면서 저에게 맞는 일을 찾아야겠습니다.

정말 오랜만에 일을 하면서 느낀 것이지만 남 돈 벌어먹기가 정말 어렵고 말 그대로 피땀 흘려 번 돈! 개같이 벌어서 정승같이 써야 하는데 쓰기에 바쁩니다.^^;;

일을 하기 전에는 가난이 정말 아프고 눈물 난 적이 많았습니다. 특히 어머니를 보면서요.

30년을 남의 집일 하시며 힘들게 자식 뒷바라지하시고 고생하시는 어머니가 밤늦은 시간 들어오시면 온몸이 아픈 채 누워계십니다. 그러한 어머니를 주물러 드리고 다독이는데 어느 티비 프로에 흘러나오는 오래된 구슬픈 트로트 한곡 조에 눈물을 흘리고 계신 어머니를 보고 저도 속으로 많이 울었습니다.

가난이 싫었습니다. 저에게 주어진 모든 환경들이… 돈이 뭔지… 가난이 뭔지, 환경을 바꾸는 방법은 나 자신을 먼저 바꾸는 길이라는 걸 알면서도 아직도 실천이 잘되지 않지만은 일상의 소소한 것에서 오는 행복, 소중한 가치관, 변화를 통하여 제 자신을 찾아가는 일은 계속 되리라 생각됩니다.

물론 당장은 새로운 일자리를 찾아 기울어진 가세를 바로 잡는 일이 급선무인 것 같습니다.

그동안 자주 오시던 빙의령은 그나마 좀 나아진 듯합니다. 선생님 그런데 빙의령이 트림이나 방귀를 통해서도 나가나요? 궁금합니다. 제 경우에는 가슴이 꽉꽉 막혀오던 때 트림을 하면 마음이 한결 편합니다.

그럼 쌀쌀해진 날씨에 선생님 사모님 두 분 다 건강하시고 다음 찾아뵐 때에도 더욱 강건해진 모습이셨으면 좋겠습니다. 안녕히 계십시오.

2013년 10월 17일 박비주안 올림

[회답]

모처럼 어렵게 얻은 일자리를 겨우 한 달 만에 그만두시다니, 30년 동안 남의 집 일을 하시면서 지식들 뒷바라지를 해주신 어머니의 근면을 박비주안 씨는 왜 이어받지 못하십니까? 이왕 일을 하여 독립하기로 한 이상, 좋은 신랑감이 나타날 때까지 비장한 각오로 어떠한 난관이라도 극복하시기 바랍니다.

혼자서 해결하기 어려운 난관에 부딪치면 그때 나에게 조언을 구하는 메일을 보내시기 바랍니다. 트림이나 방귀가 나는 것은 일시 막혔던 신진대사가 재개되는 신호입니다. 이때 빙의령도 함께 나가는 수가 있습니다.

부디 떳떳한 직업인으로서 성공하시기 바랍니다. 직장이 있다는 것은 그만큼 생활능력이 있다는 증거입니다. 가족이나 친척을 도와주지는 못할망정 기생충처럼 그들에게 빌붙어서 사는 존재가 되지 않으려면 남다른 노력과 창의력 그리고 인내심이 필요하다는 것을 명심하기 바랍니다.

[박비주안 씨의 회답]

네 알겠습니다. 선생님.

제 자신이 너무나 철없고 부끄럽고 작아집니다. 어머니 같은 근면 성실을 이어받아 남다른 노력, 창의력, 인내심을 갖춘 떳떳하고 자신감 찬 직업인이 되도록 하겠습니다.

좋은 말씀 감사합니다.

[회답]

과연 떳떳하고 자신감에 찬 직업인이 되도록 노력하시는지 지켜볼 것입니다.

사업 윤곽이 잡혀 갑니다

김태영 선생님께,

보내주신 책은 10월 15일에 잘 받았습니다. 출판사가 달라서 확인해본 결과 여러 가지 어려운 사정이 있었던 것을 확인했습니다. 어려운 사정에도 꿋꿋이 앞에서 이끌어주심에 다시 한번 감사드립니다.

저는 이제 거의 윤곽이 잡혀갑니다. 영주권 관련 서류도 이제 거의 다 준비가 되어가고 소득 관련 세금 등 근로에 관한 서류가 거의 다 준비되어 갑니다. 다음 주면 거의 다 될 것 같습니다. 영주권 관련하여 들어가는 제반 비용들을 모으기 위해 일에 집중하면 될 것 같습니다. 한의원도 이번 주 토요일에 계약하기로 했습니다. 아는 분의 소개로 좋은 분을 만나 사무실을 구경하였는데 현재 상태의 저로서는 절대 구할 수 없을 것 같은 곳을 싸게 얻게 되었습니다.

그분들은 현재 한의대학원 교수 및 양방병원 침구과에 집중하고 있으신 분이어서 사무실이 많이 비어 믿을 만한 사람을 찾고 있던 중 제가 소개받게 된 것이었습니다. 연세가 있으셔서 제가 하다가 마음에 들면 한의원을 넘기고 한국에 귀국하는 것도 생각하고 계십니다. 계약이 되면 다음 주 월요일부터 새로운 한의원에서 일을 하게 됩니다. 원래는 영주권 스폰서 서주는 분의 한의원에서 일하고 세금을 내야하지만 제가 제 한의원을 운영하고 싶어서 스폰서 분의 월급 제안을 뿌리치고 별도로 나와서 하게된 것입니다.

앞으로 다가올 일에 대해 약간 두려운 것은 사실입니다. 그래서 저녁때 선도체험기를 읽고 약간의 호흡과 명상을 하며 마음을 다스렸습니다. 한의와 직접적인 연관이 있는 8~10권 또한 다시 읽고 있습니다. 마음이 다시 안정이 되면서 하나씩 실마리가 보이기 시작합니다. 앞으로 견뎌야 할 일은 지난 3년만큼은 힘들지는 않겠지만 3년여의 고생 동안 몸과 정신이 약간 지쳐 있는 것이 사실입니다. 한의사 면허시험 공부를 하는 동안 저의 한의학 실력이 많이 떨어진 것도 문제입니다. 한의계의 누군가 나와 잘못된 현재의 한의학을 바로 잡았으면 하는 바램을 가져봅니다.

다음 주까지 현실적인 문제들을 어느 정도 마무리한 후 다시 편지 올리겠습니다. 항상 감사합니다.

2013년 10월 18일 김종완 드림

[회답]

사업 기반이 잡혀가고 있다니 참으로 다행입니다. 모든 일이 안정되어 다시 그전처럼 수련에도 집중할 수 있기 바랍니다.

빙의와 기 몸살

앞서 두어 번 메일 드렸구요. 선도체험기 22권 다 읽어가는 중입니다. 제가 책 읽기 전에도 워낙 얕은 몸살을 많이 했어요. 선도체험기 읽으면 기운도 많이 받고 몸속 기운의 움직임도 많이 느껴요. 책을 읽어보면 빙의 현상에 관해서 상세히 다루어져 있는데 혹 제가 몸살 증세를 많이 하는 것에 관해 빙의가 된 것은 아닐까 여러 번 생각해 봤지만 책에서 언급하신 것 같은 현상을 저는 전혀 느끼지 못했거든요.

근데 긁어 부스럼일까요. 아니면 이런 것을 당김의 법칙이라고 하나요. 지금 22권 다 읽어가는 중인데, 어젯밤에 꿈에 전 이런 것 처음 느꼈어요. 새벽 4시까지 잠을 못 자고 이런저런 생각에 잠기다가(계속 빙의에 대해서 생각했어요) 잠이 들었어요. 갑자기 머리에서부터 상체 전체가 오싹~하는 아주 강한 검은 기운이 제 몸속을 감고 들어왔는데 꿈속에서도 이것이 빙의 현상이란 것이구나 생각됐어요.

그 기운은 제 뒤에서 제 두 손을 꼭 거머잡고 제가 꼼작도 할 수 없게 했어요. 전 너무 놀라서 꿈속에서 불경도 외워 봤지만 그 힘에 눌리어 말도 잘할 수 없었고 목소리도 잘 안 나왔어요.

그치만 대항해서 이겨 보려고 "너 이거 안 놔? 김태영 선생님께 얘기한다"(그 검은 정체의 힘이 무서워하라고) 누구누구께도 얘기한다고 소리도 쳐 봤지만 그 힘을 이겨 낼 수가 없었어요.

밤에 항상 책을 보다가 잠들기에 스탠드가 있는데 꿈속이지만 스탠드 불을 켜 보려고 팔을 뻗어보았지만 역시나 그 힘이 제 두 손을 꼭 잡고 있으면서 스탠드에 먼저 손을 대고는 불이 안 오게 해 버렸어요. 그리고는 제 양쪽 가슴을 두 손을 조금 더듬고는 서서히 그 힘이 옅어지면서 제가 꿈속에서 깨어났어요.

꿈 내용보다는 그 검은 정체가 제게로 쑥 덮치는 그 순간이 너무 싫고 기분이 나빠요. 오늘 하루 종일 그 생각에서 헤어날 수가 없어서요. 여러 번 망설이고 생각하다 선생님께 전화를 드렸었는데, 책만 읽고 전화드렸던 그 시간이 상담하시는 시간인 줄 알고 있는데 너무 역정 내시고 화를 내시기에 몹시 당황스럽고 얘기도 정리해서 하기가 어려웠구요. 선도체험기 많이 읽고 그런 내용을 알고 그런 것을 많이 생각해서 오히려 그런 일이 더 발생하는 것은 아닌가 하는 생각도 들구요.

절 잘 아시는 어느 지인분께서 아무래도 빙의가 된 것 같으니 확실히 알고 싶으면 그런 것 잘 알고 잘하는 법사가 있으니 한 번 만나보고 빙의도 차단하는 것이 어떻냐고 제 의견을 물으셨는데 솔직히 내키지는 않습니다. 이런 상황에서 벗어나고 싶은데 솔직히 선생님께서 도움을 좀 주셨으면 하지만 또 역정을 내실 것 같아요. 지금 글이 잘 정리가 안 됩니다. 죄송 & 감사합니다!

종일 선도 책 볼 때도 있지만 매일 밤 잠자기 전에는 꼭 침대에 누워서 선도체험기 보구 자는데요. 누워서 책 읽는데 특히 그때는 단전이 찌개 끓듯이 보글보글 거리며 양쪽 무릎에서도 같은 느낌이 들구요. 이마에서 그리고 앞머리 윗쪽에서도 시원함과 동시에 양쪽 어깨에서도 팔에서도 역시나 시원함이 느껴져요. 그렇다가도 낮에는 특히 오늘은 더욱더 머리가 무겁기도 하고 약하게 욱신욱신하면서 특히 양쪽 눈과 코 옴폭 들어가는 사이가 욱신욱신거려요. 낮에도 밤에도 그럴 때 많아요 그곳이 인당 사이라고 해야 하는지 딱 인당인지는 모르겠어요. 인당과 코 움푹 들어가는 정확한 위치인 것 같아요.

며칠 전부터는 왼쪽 등만(등 전체가 아니구요) 들썩들썩거리기도 하구요. 아무튼 먼저 드린 메일 내용에 꿈에 음습하게 제 머리에서부터 몸속으로 들어와 제가 꼼작 못 하게 한 그 정체가 빙의 현상이라면 전 난감합니다. 전 혼자 있고 몸도 많이 불편한데요(양쪽 목발 짚지 않으면 한 발짝도 걸을 수 없어요.)

전 옛날부터 선도체험기 읽지 않았을 때부터도 자주 눈에 별같은 불빛이 보였구요, 꼭 별 같아요 반짝반짝 그리는 것이. 그리고 한 달쯤 된 것 같은데 꿈에 제가 집 앞을 좀 보구 있는데 난데없는 택시가 한 대 달려가더니 그 택시가 앞을 들이박으면서 뒹구는 것이 보였고 이어서 얼굴 바로 앞에서 어느 젊은 여자 목소리가 말했어요.

저 보고 "희주야, 엄마 좀 도와 줘, 엄마 분홍"에서 말이 끊겼고 전 잠에서 깨어났어요. 근데 엄마 목소리가 아니었고, 제 생각에는 다른 어떤 영가가 혹시 제 도움을 받으려고 이러는 것이 아닌가 하는 생각도 했었는데, 전 모르겠어요. 분홍이란 단어가 무엇을 뜻하는지도 모르겠습니다. 아무튼 많이 복잡합니다. 생각나는 대로 두서없이 적었어요. 욱신욱신거리는 느낌이 빙의 현상인지 아니면 다른 것인지 꿈속에 기분 나쁘게 음습하게 제 몸을 덮쳐온 그것은 분명 빙의인지 누구에게 물어보니 가위눌림이라고도 하구요. 전 왜 이런지 모르겠어요.

선도체험기를 읽기 때문에 말씀처럼 영격이 높아지려고 이런 현상이 일어나는가요. 그렇지 않으면 제가 말씀드린 내용 모두 안 좋은 것인지요. 명확하고 도움되는 답변 부탁드립니다.

참 많이 답답합니다. 바쁘신데 많이 죄송해요. 감사합니다!

2013년 10월 22일 희주 올림

[회답]

지금 희주 씨가 겪고 있는 것은 선도수련 초보자라면 누구나 겪는 빙의와 명현반응의 일종인 기몸살입니다. 적어도 선도체험기를 50권 정도 읽으면 지금보다는 심신이 많이 안정될 것입니다. 그렇게 되기까지 열심히 단전호흡하시면서 선도체험기를 꾸준히 읽어 나가시기 바랍니다.

참을 수 없을 때 참을 줄 아는 것이 선도수행자가 걸어야 할 숙명입니다. 선도체험기를 계속 읽어나감으로써 그러한 인내력을 키워 나가다 보면 반드시 좋은 일이 찾아올 것입니다.

그러므로 지금 겪고 있는 괴로움은 모두가 희주 씨의 마음과 몸의 상태가 개선되려는 징후임을 잊지 마시기 바랍니다. 희주 씨의 전화 문의에 친절하게 응대하지 못한 점 미안하게 생각합니다. 그럴 수밖에 없는 사정은 책을 읽어서 잘 아실 줄 믿습니다. 그러나 이메일만은 친절하게 응답하려고 노력하고 있으니 자주 이용하시기 바랍니다. 이메일은 될 수 있는 대로 간단명료하게 의문 사항을 명료하게 기재하셔야 할 것입니다.

따뜻한 기운이

편히 주무셨는지요?

어제 한 달 만에 뵈었는데 얼굴이 더 맑아지시고 광채가 나시어 보기에 좋았습니다. 안심이 되었고요. 역시 우리 스승님! 하면서 기뻤습니다. 옷을 주시겠다는 사모님의 전화가 너무 반가웠습니다. 평소 수련을 게을리하고 바쁘다는 구실로 자주 수련하러 못 가는 저에게 스승님을 뵈러 갈 정당한 명분이 주어져서였습니다.

서울 강남역 근처에서 강의가 2시부터 있었는데 취소되어 덕분에 조금 일찍 찾아뵐 수 있었습니다. 사모님께서 아끼시던 명품 코트와 등산용 점퍼가 제 몸에 맞춤처럼 잘 맞고 어울립니다. 감사합니다. 정장을 하고 가야 할 자리에 잘 입고 맵시를 뽐낼 수 있겠습니다. 잘 입겠습니다(^~^)

추천하신 책, "시대역전과 의식 혁명", "마지막 해역서 격암유록", "구도자요결", "와칭"까지 잘 읽어보겠습니다.

늘 새로운 정보와 삶의 지혜를 주심과 수련을 이끌어 주셔서 감사합니다. 어제 삼공재에서 따뜻한 기운이 온몸을 휘감아 샤워하는 것처럼 편안하고 황홀경에 빠져들었습니다. 몸이 가벼워지고 여기저기 아프고 결리던 부분들이 시원해졌습니다.

집중 시간이 짧아서인지 수련하는 동안 내내 기운이 들어오는 것이 아니라 집중 상태와 호흡 상태가 유지되어야 기운이 크게 들어오고 또 나가곤 합니다. 어제는 두 차례에 걸쳐 온화하고 부드러운 기운에 흠뻑 젖어 행복했습니다.

감사합니다. 수련을 게을리하여 면목이 없어 자주 못 오겠다는 제 핑계 아닌 핑계에 "잘되면 올 필요가 없지" 라는 말씀에 힘 얻어 기회되는 대로 올라가겠습니다.

늘 강건하시고 건재하시길 두 손 모아 빕니다. 안녕히 계세요.

2013년 11월 3일 천안에서 엄지현 올림

[회답]

진달래가 만발한 봄날에 정상을 목표로 정한 등산객이 열심을 산을 오르다가 산 중턱에 앉아 싱그러운 산 공기와 봄꽃에 취해서 애초에 정한 목표를 망각하고 더 이상 움직이려 하지 않고 감탄만 하고 앉아 있는 사람이 있다면 그 사람이 바로 엄지현 씨가 아닌가 하는 생각이 듭니다.

서울서 한참 떨어진 곳에 직장을 갖고 있으니 시간도 없겠지만 초심을 잃지 말았으면 합니다. 지금의 수련 상태로 보아 다음 목표는 분명 대주천이고 그 다음은 현묘지도임을 명심하시기 바랍니다. 그 두 목표를 돌파해야 구도자로서 문턱을 넘었다고 말할 수 있을 것입니다. 구도를 위한 혜가의 치열함과 열정이 아쉬운 시점입니다.

불안하고 초조할 때

선생님 안녕하셨습니까? 추운 날씨에 여전히 강건하신지요? 거의 두달 만에 선생님께 생식 주문 겸 안부 여쭙습니다.

저는 그동안 다른 푸드업계에 취직이 되어 하루 12시간을 한 달을 일하다가 오늘부터 파트타임으로 오후 근무를 하게 되어 시간적인 여유가 생겼습니다.

그래서 낮 시간에는 운동을 배울까 생각 중입니다.

확실히 쉬면서 운동할 때와는 달리 몸이 많이 굳어져서 운동을 한 가지 배우고 등산도 병행하려 합니다.

특히 제가 추운 겨울에는 다한증이 심해져 손, 발에 땀이 많이 납니다. 생식을 그에 맞게 처방해 주셨으면 좋겠습니다. 선공은 빼주시고요. 그리고 선도체험기 106권도 함께 내주세요. 금액을 알려주시면 선생님 계좌로 송금해 드리겠습니다.

늘 마음속으로 정신적으로 힘들때 선생님을 생각하면서 제 마음속 노트에 어려운 문제들을 몇 줄씩 써내려 가고 있는데요. 저의 미성숙한 부분에 회의가 들 때가 많습니다.

선생님! 불안하고 초조해지는 마음은 어떻게 다스릴수 있을까요?

특히나 신경과민인 제가 불편한 사람 앞에서 불안하고 초조해질 때에는 어떻게하면 평상적이고 부동적인 마음을 취할수 있을까요?

답변 부탁드립니다. 그럼 건강하시고 안녕히 계세요.

2013년 12월 9일 박비주안 올림.

[회답]

다시 취직이 되었다니 다행입니다. 이번에는 좀 어려운 일이 있더라도 꾹 참고 지혜롭게 극복하여 어떻게 해서도 남이 인정하는 푸드업계의 직업인으로서의 경력을 쌓아주시기 바랍니다. 그래야 훗날 정년퇴직해서라도 당당히 독립할 수 있는 실력을 쌓게 될 것입니다. 그리고 독자적으로 결혼도 수련도 할 수 있는 발판을 구축할 수 있게 될 것입니다.

불안하고 초조할 때는 바로 그 불안하고 초조한 마음을 지긋이 관(觀)하기 바랍니다. 언제까지 관하느냐 하면 바로 그 불안하고 초조한 마음이 사라지고 안정을 찾을 때까지입니다.

수련을 받고 싶습니다

안녕하세요. 김태영 선생님

저는 구리시에 살고 있고 아들, 딸 2명의 자녀를 둔 43살의 공무원 배철환이라고 합니다. 오랫동안 선생님 책만을 보다가 더 이상 공부를 늦춰선 안되겠기에 이렇게 메일을 보냅니다.

선생님의 책 "선도체험기"는 저에게 많은 영향을 준 책입니다. 군대에서 제대한 1994년 처음 선도체험기를 접하고 현재 106권까지 읽고 있는 애독자이며 담배는 끊은 지 2년이 되었고 일주일에 3번 정도 5Km씩 런닝을 하고 있으며 일주일에 5일 1시간 30분 정도 등산을 하고 있습니다.

기감이 둔하여 이제 조금 기감을 미온적으로 느끼고 있습니다. 단전에 기감을 온전히 느꼈을 때 선생님을 뵙고 체질 점검도 받고 하려 했는데 더 이상 늦출 수 없다는 생각이 들어 뵙고 지도를 받고 싶습니다. 어떻게 찾아 뵐 수 있는지요? 선생님을 뵐 수 있는 시간을 알려주시면 그 시간에 맞춰서 가도록 하겠습니다.

2013년 12월 13일 경기도 구리에서 배철환 올림

[회답]

먼저 오행생식을 일상생활화할 결심을 해야 합니다. 그 결심이 서면 30만원을 준비하시고 일요일을 제외한 월요일부터 토요일 오후 3시에 서울 강남구 삼성2동 한솔아파트 102동 508호로 찾아 오시면 됩니다.

기문 열리고 운기될 때까지

　선생님, 그동안 안녕히 지내셨는지요? 부산에 사는 류성록입니다. 올봄에 찾아뵌 뒤로 지금까지 소식을 전하지 못했습니다.

　우선 생식 표준 4통, 생강차 1박스, 선도체험기 105, 106권(선생님 사인도 부탁드립니다)을 보내주시면 감사하겠습니다.

　택배비 포함한 가격 알려주시면 국민은행 431802-91-103970 계좌로 바로 입금하겠습니다.

　본격적으로 수련, 아니 생식한 지 7년이 넘어갑니다. 지난 시간 돌아다보면 그냥 수련이라는 수박의 겉만 핥고 살았습니다. 기문도 열리지 않은 채, 게다가 수련에 매진하지 않고 운동과 등산, 생식에만 매달린 제 모습이 많이 우습기도 합니다.

　작년 연말에 부산으로 돌아온 뒤로 부모님과 함께 생활하니 리듬이 많이 흐트러졌습니다.

　생식을 시작할 때부터 부산으로 내려오기 전까진 거의 다른 사람의 간섭을 받지 않았거든요.

　회사 다닐 때는 기숙사에서 살았고, 서울에 있을 때는 누나 집에서 살았지만 별로 먹는 데 간섭을 받지 않았답니다.

온종일 집에서 번역하다 보니 어머니가 차려 주시는 밥을 자연스럽게 계속 먹게 되었답니다. 사실 이 모든 게 핑계에 불과하다는 것을 알고 있습니다. 하지만 오랜만에 연락을 드리는 거라 근황 정도는 알려드려야지 하는 마음에서 핑계를 대는 것임을 이해해주세요.

이제야 앞으로의 생계를 위한 방편을 마련하여 수련에 매진할 수 있는 상황을 갖췄음에도 과거의 습관에 매여서 아직 본격적으로 수련을 시작하지 못하고 있습니다. 먹고 운동하는 데서부터 흔들리다 보니 몸무게도 늘고 게다가 생식에 대한 생각조차 흔들리는 지경에 처하다 보니 지난 7년을 참 한심하게 보냈다는 생각에 허무한 생각이 들 때도 있답니다.

하지만 제가 변하지 않는 이상 이런 넋두리는 아무 소용이 없는 것임을 알기에 핑계는 이 정도에서 그치고자 합니다.

선생님, 저 내년 2월에 결혼합니다. 프리랜서 번역사를 좋아해주는 아가씨도 있더라고요.

이제 선생님께서도 수련 때문에 결혼 안 할 필요는 없다는 말씀을 해주셔서 힘이 되었습니다.

결혼해서 분가하면 앞으로 수련 환경이 좋아질 듯합니다.

여자 친구가 직장에 다니기 때문에 점심은 편하게 생식으로 먹을 수 있고 혼자 있는 낮에는 수련도 할 수 있기 때문입니다.

게다가 여자 친구가 생식이나 수련에 대해서도 부정적으로 생각하지 않아서 나중에는 함께 찾아뵐지도 모르겠습니다. 선생님을 롤 모델로 삼아 저도 직장을 그만두고 서울에 가서 통번역대학원을 다닌 끝에 이제야 여건을 갖추었습니다.

남은 건 이제 철저히 수련에 임하는 것뿐입니다. 행주좌와어묵동정을 항상 염두에 두면서. 과식하는 식생활부터 고치고 꾸준히 운동하고 스트레칭하고, 참전계경을 공부하면서 말입니다. 원문을 이해하면서 참전계경을 읽으니 그 맛이 더욱 깊고 새롭습니다.

기문이 열려서 선생님의 기운을 제대로 느낄 수 있을 때까지는 찾아뵙기 어려울 듯합니다.

앞으로 더욱 수련에 매진하여 선생님을 뵙기까지의 시간을 최대한 줄이도록 하겠습니다. 언제나 큰 가르침으로 이끌어주심에 다시 한번 고개 숙여 감사드립니다.

날씨가 점점 추워집니다.

항상 건강에 유의하시기 바랍니다.

2013년 12월 26일 부산에서 제자 류성록 올림

[회답]

결혼을 하게 된 것을 축하합니다. 부디 결혼 후에도 염념불망의수단전念念不忘意守丹田하여, 꼭 기문이 열리기 바랍니다.

류성록 씨는 키가 183cm이니 체중은 항상 73kg이 되도록 조절

하여야 수련이 잘 될 것이니 꼭 명심하기 바랍니다. 그리고 총각
이 결혼하면 대개 수련을 멀리하는 경향이 있는데 류성록 씨는
그런 사람이 아니기 바랍니다.

고려의 개경

마 윤 일

(다음은 재야사학자 마윤일 씨가 고려시대의 수도였던 개경에
관하여 삼국사기, 고려사 지리지, 세종실록 지리지 등 각종 기록
을 참고하여 서술한 것인데, 그 위치는 한반도가 아니라 한결같
이 중원 대륙에 있었음을 밝히고 있다. 편집자)

고려사 권 제 56

지 제 10

지 리 1

惟我海東三面阻海一隅連陸輻員 之廣幾於萬里

우리 해동성국은 3면이 바다로 둘려 있고 한 면은 육지로 연
결되어 있는데 강토의 너비는 거의 만리나 된다.

고려 태조가 고구려 땅에서 일어나 신라를 항복받았으며 후백
제를 멸망시키고 개경에 수도를 정하니 삼한땅이 이제 통일이
되었다.

태조 23년(940)에서야 전국의 주, 부, 군, 현의 명칭을 고치고

성종이 다시 고치면서 드디어 전국을 10개 도로 나누고 12개 주에 절도사를 두었는데 그 10도는

첫째 관내도,

둘째 중원도,

셋째 하남도,

넷째 강남도,

다섯째 영남도,

여섯째 영동도,

일곱째 산남도,

여덟째 해양도,

아홉째 삭방도,

열째 패서도이며

그 관할하에 주, 군의 총수가 5백 80여 개였다. 이때 우리 동국의 지리가 가장 성할 때이다. 현종 초에 절도사를 폐지하고 전국에 5개 도호와 75개 도에 안무사를 두었다가 얼마 후에 안무사를 없애고 4개 도호와 8개 목을 두었다.

그 후로부터 전국을 5개 도와 두 개의 계로 정하였으니 즉 양광도, 경상도, 전라도, 교주도, 서해도와 동계, 북계였다.

전국에 총계 경 4개, 목 8개, 부 15개, 군 129개, 현 335개, 진 29개를 두었으며 그 경계선의 서북쪽은 당나라 이래로 압록을 경계로 하였고 동북쪽은 선춘령을 경계로 하였다. 대개 서북쪽은 고구려 경계에 미치지 못 하였으나 동북쪽은 고구려 때보다 확

장되었다.

略據沿革之見於史策者作地理志

대략 역사 기록에 나타난 연혁에 근거하여 이 지리지를 만든다.

왕경 개성부는 원래 고구려의 부소갑인데 신라 때에는 송악군으로 고쳤으며 고려에 와서 태조 2년에 수도를 송악산 남쪽에 정하면서 개주라 하고 여기다 궁궐을 새로 세웠다.

- 후에 회경전을 승경으로, 응건전을 봉원으로, 장령전을 천령으로, 사경전을 향복으로, 건명전을 저상으로 명경전을 금명으로, 건덕전을 대관으로, 문덕전을 수문으로, 연영전을 집현으로, 선정전을 광인으로, 선명전을 목청으로, 사원전을 정덕으로, 만수전을 영수로, 중광전을 강안으로, 연친전을 목친으로, 오성전을 령현으로, 자화전을 집회로, 정양궁을 서화로, 수춘궁을 려정으로, 망운루를 관상으로, 의춘루를 소휘로,

신봉문을 의황으로, 춘덕문을 체통으로, 대초문을 태정으로, 창합문을 운룡으로, 회일문을 리빈으로, 창덕문을 홍례로, 개경문을 황극으로, 금마문을 연수로, 천복문을 자신으로, 통천문을 영통으로, 경양문을 양화로, 안우문을 순우로, 좌우 승천문을 통가로, 좌우 선경문을 부우로, 좌우 연우문을 봉명으로, 연수문을 교화로, 장녕문을 조인으로, 선화문을 통인으로, 홍태문을 분방으로,

양춘문을 광양으로, 태평문을 중화로, 백복문을 보화로, 통경문을 성덕으로, 동화문을 경도로, 서화문을 향성으로, 대청문을 청태로, 영안문을 흥안으로 각각 개칭하였다. -

이 전각과 대문의 기록들은 후에 역사의 진실을 알리는 중요한 정보가 될 것이다.

궁궐 안에만 문이 30개이다.

개경의 궁성이며 정궁인 본 대궐에 속한 문들이다.

이 왕궁 외에도 계림궁, 부여궁 등의 별궁과 상서성, 중서성, 추밀원, 팔관사 등의 관청이 있었고, 이를 둘러싼 황궁의 규모는 주위 1만 6백 보로 약 22,7km에 달한다. 그리고 그 황궁의 성문이 또한 20개이다.

立市廛辨坊里分五部

시전을 세우고 방, 리를 구분하여 5개의 부로 나누었다.

광종 11년(960)에 개경을 황도로 고쳤고 성종 6년(987)에 5개 부의 방리를 개편하였으며 14년(995)에는 개성부가 되어 적현 6개와 기현 7개를 관할하였다.

현종 9년(1018)에 부를 없애고 현령을 두어 정주, 덕수, 강음 등 3개 현을 관할하고 또한 장단 현령이 송림, 임진, 토산, 임강, 적성, 파평, 마전 등 7개 현을 관할케 하면서 모두 상서도성에 직속 시켰는 바 이것을 경기京畿라고 하였다.

경기라는 행정구역 명칭은 고려가 시초인 것 같다.

일부에서는 당나라의 제도를 모방하였다고 하나 사실과 다르다.

현종 15년에는 다시 서울 5개 부의 방리를 개편하였는데…

동부는 방 7개, 리 70개 ; 안정방, 봉향방, 영창방, 송림방, 양제방, 창령방, 홍인방이고 남부는 방 5개, 리 71개 ; 덕수방, 덕풍방, 안흥방, 덕산방, 안신방이며 서부는 방 5개, 리 81개 ; 삼송방, 오정방, 건복방, 진안방, 향천방이고 북부는 방 10개, 리 47개 ; 정원방, 법왕방, 흥국방, 오관방, 자운방, 왕륜방, 제상방, 사내방, 사자암방, 내천왕방이고 중부는 방 8개, 리 75개 ; 남계방, 흥원방, 홍도방, 앵계방 유암방, 변양방, 광덕방, 성화방이다.

총 35방 344리이다.

방坊 - 고려시대뿐만 아니라 세종실록지리지에도 동, 서, 남, 북, 중의 5개 부部와 49개 방의 명칭이 나오는데 세종실록에는 리의 언급이 없다. 이것은 세종실록지리지가 왜정시대에 훼손되었다는 것을 의미한다.

고려시대 개경의 35개 방坊에서 조선시대 한양성에는 49개 방坊으로 늘었다.

현종 20년(1029)에 서울의 라성이 준공되었다.

현종은 즉위하자 즉시 장정 30만 4천 4백 명을 징발하여 이 성 축조에 착수하였는데 20년 만에 공사가 끝났다.

성의 주위는 2만 9천 7백 보(약 65km), 라각은 1만 3천 간이며 대문이 4개, 중문이 8개, 소문이 13개인 바 즉 자안문, 안화, 성도, 령창, 안정, 숭인, 홍인, 선기, 덕산, 장패, 덕풍, 영동, 회빈,

선계, 태안, 앵계, 선암, 광덕, 건복, 창신, 보태, 선의, 산예, 영평,
통덕문이다.
라성의 성문이 25개이다.

고려의 문인 이규보는 이를 다음과 같이 표현하였다.
신령한 사당 주악군에 보이려고, 때로 절정에 오르니 바라보기
에 의젓하네. 성중의 1만 가옥은 벌들이 모인 것 같고, 노상의 1
천 사람들은 개미가 달리는 것 같구나. 무성한 상서로운 구름은
궁궐을 둘렀고, 총총한 왕기는 하늘 문을 끌어안고 있네. 곡산鵠
山의 형승에 용이 서린 듯한데, 여기서부터 황도皇都의 줄기와 뿌
리가 굳어진 것이라네.

또 황성은 2천 2백 간이며 문이 20개인 바 광화문, 통양문, 주
작, 남훈, 안상, 귀인, 영추, 선의, 장평, 통덕, 건화, 금요, 태화,
상동, 화평, 조종, 선인, 청양, 현무, 북소문이다.
황성의 문이 20개이다.
이 성 구축에 동원된 장정이 23만 8천 9백 38명이요 공정工匠이
8천 4백 50명이며 성 주위는 1만 6백 보(약 22.7km), 높이는 27
척, 두께는 12척, 랑옥은 4천 9백 10간이다.

참고로 신라의 수도였던 금성의 둘레가 55리(22km)인데 공교롭
게도 대륙의 낙양성과 둘레가 동일하다. 고려가 얼마나 대단한

나라였는지 알 수 있다. 황성의 크기가 신라의 금성이며, 동경이 었던 낙양성 만하였던 것이다.

아래 장안성의 황성과 비교해보라.

위 그림(생략)은 대륙의 서안에 있는 당나라 때 장안성을 복원해 본 것이다.

장안성의 면적은 약 42㎢이다. 동서가 9,721m, 남북이 8,652m가 된다. 당대 장안의 방坊의 숫자는 108개나 되었는데 리里는 없으며 고려의 한 개의 리里보다 당의 한 개의 방坊이 더 작았던 것 같다.

장안지에는 249개의 저택이 기록되어 있고, 6만 가구의 민가가 있었다고 한다. 이는 장안성 안에 있는 방이 지금의 행정구역의 동과 비슷하다.

서울시 용산구 효창동…

개주 송악군 북부 흥국방…

고려 개경의 황성의 문이 20개인데 위의 장안성 황성의 문은 11개로 절반밖에 안된다.

또 서울의 라성의 둘레가 65km, 문이 25개이다.

위의 장안성은 11개이다.

개경의 가구수는 17만 가구이며, 장안성은 6만 가구였다고 한다.

고려시대의 화재 기록에서 드러난 리에 속한 호수

의종 12년 - 신창관리 320여 호, 충렬왕 2년 - 연정리 1000여 호, 충렬왕 4년 - 마판리 10호,

충숙왕 11년 - 앵계리 100여 호, 충숙왕 11년 - 지장방리 300여 호의 기록이 나오는데 이를 참고로 344리의 호수를 유추해보면 1리에 평균 500호 × 344 = 172,000호, 호당 평균 5인으로 약 백만의 인구가 개경 도성 안에 살았다고 보여진다.

참고로 삼국사기에는

통일신라는 성덕왕(702~737) 때 극성기를 맞이하여 통일신라의 수도 "경주의 호수가 17만 8천호 × 5인 = 890,000명이라고 기록돼 있다.

지금의 경주시 인구(2010년 통계 기준으로 267,098명)보다 1천 년 전의 인구수가 더 많다.

둘레가 22.7km인 개경 황성의 면적은 지름이 7,229m이므로 약 41㎢으로 현 장안성 크기이다.

둘레가 65km인 개경, 라성의 면적은 지름이 20.7km이므로 336㎢가 된다.

장안성의 8배이다.

공민왕 7년(1390) 송도 외성을 쌓았다.

고려는 공양왕 2년(1390) 경기를 좌, 우 도로 나누어 장단, 임강, 토산, 임진, 송림, 마전, 적성, 파평 등 현을 좌左도로, 개성, 강음, 해풍, 덕수, 우봉 등 현과 군을 우右도로 만들었다.

원래 '경京'이라는 글자는 천자天子가 도읍한 지역이란 뜻이고, '기畿'는 왕성을 중심으로 주변 500리를 뜻하는 말이다. 행정구역 상으로 경기라는 명칭은 우리나라에서는 고려시대인 995년(성종 14) 개경 주변을 6개의 적현과 7개의 기현으로 나누었는데, 1018년(현종 9) 이들을 묶어 경기라고 한 것이 시초이다. 1390년(공양왕 2) 경기도란 명칭을 부여하여 경기 좌·우도로 나누었다가 조선 초기에 경기도로 합쳤다.

또한 문종의 옛 제도에 따라 (문종 23년, 1069) 정월에 양광도의 한양, 사천, 교하, 고봉, 풍양, 심악, 행주, 해주, 견주, 고봉, 풍양, 심악, 행주, 해주, 포주, 봉성, 금포, 양천, 부평, 동성, 석천, 황조, 황어, 부원, 과주, 인주, 안산, 금주, 남양, 수안과 교주도의 영흥, 토산, 안협, 승령과 삭령, 철원과 서해도의 연안, 백주, 평주, 협주, 신은, 우봉, 통건, 안주, 봉주, 서흥 등의 주, 현을 경기에 소속시켰다.

양광도의 한양, 남양, 인주, 안산, 교하, 양천, 금주, 과주, 포주, 서원, 고봉과 교주도의 철원, 영평, 이천, 안협, 련주, 삭령을 경기 좌左도에, 양광도의 부평, 강화, 교동, 금포, 통진과 서해도의 연안, 평주, 백주, 곡주, 수안, 재녕, 서흥, 신은, 협계를 경기 우右도에 각각 소속시켰다.

두 도에 도 관찰 출척사를 두고 수령관으로 그를 보좌하게 하였다.

이 고려시대의 경기도는 어디인가? 우선 경기의 좌, 우도는 황

도 개경에서 북쪽에서 남쪽을 향해 앉아서 좌측과 우측을 정했
다는 것을 알 수 있다.

다음 지명을 설명하는 글을 보면서 이곳이 어디인지 살펴보자.

황도皇都의 진산鎭山은 송악松嶽(일명 숭악崧岳, 산마루에 신사神祠
가 있다)이며 이외에

용수산龍岫山, 진봉산進鳳山, 동강東江(정주에 있다), 서강西江(즉 禮
成江이다), 벽란도碧瀾渡(푸른 병풍 같은 절벽과 거친 여울이 구비
치는 곳에 있는 나루이다. 이것은 대륙의 양자강 중류, 사천성의
장강 삼협을 가장 잘 설명한 지명이다)가 있고 본 부에 소속된
군이 1개 현이 12개 있다.

1) 개성현은 원래 고구려의 동비홀인데 신라 경덕왕 15년(756)
에 개성군으로 고쳤다. 현종 9년에 개성부를 없애고 개성현령을
두어 정주, 덕수, 강음 등 3개 현을 관할하게 하면서 상서도성에
직속시켰다.

이 현에 대정이란 우물이 있고 기평도岐平渡가 있다.

기평도는 나루로 강을 건너는 요지라는 말이다. 기岐는 가림기
로 강이 갈라지는 곳이란 뜻이다.

2) 우봉군은 원래 고구려의 우잠군(우령 또는 수지익이라고도
한다)인데 신라 경덕왕이 우봉으로 고쳤다. 현종 9년 평주의 소

속현이 되었다가, 문종 16년(1062)에 본 개성부에 소속시켰다. 예종 원년(1106) 감무를 두었다.

구용산九龍山이 있고, 박연朴淵이 있다.(상, 하 두 개의 못이 있는데 둘 다 그 깊이를 알 수 없으며 가뭄에 여기서 기우제를 지내면 즉시 비가 온다. 웃 못 가운데에 올라가서 구경할 수 있을 만큼 넓고 편편한 바위가 있다.

문종이 어느 때 이곳에 와서 그 바위에 올라갔더니 갑자기 바람이 일고 비가 쏟아져서 바위가 진동하였다. 황제가 놀라고 겁에 질렸다.

이때 이영간李靈幹이 황제을 모시고 있다가 용龍의 죄상을 지적하는 글을 써서 못에 던졌더니 용龍이 즉시 그 등을 물위에 들어내므로 곧 이를 곤장으로 두들겨서 물이 온통 빨개졌다고 한다.)

사천성 대파산의 본래 명칭이 구룡산이다.

다음은 중국 지명을 현지에서 설명해 놓은 자료이다.

대파산大巴山

사천, 섬서의 성경계를 서북 동남으로 달리는 산맥. 구룡산맥이라고도 한다. 미창산米倉山, 대파산이 주요 봉이며 한중분지의 북산면은 급하고, 남산면은 밋밋하다. 유명한 촉의 잔도가 이 산맥의 일부에 있다.

강진江津

사천성의 남동부 양자강 남안에 위치한 도시. 양자강의 지류인
기강綦江과의 합류점에 있어서 양자강의 수운에 의하여 중경과
여주瀘州로 통하며, 사천성 동부의 양조업의 중심지로 유명하다.

가릉강嘉陵江

사천성에 있는 양자강의 주요 지류 중의 하나. 상원上源은 감숙
성의 남동부에서 발원하는 서한수西漢水인 백룡강白龍江, 사천성 합
천合川 부근에서 거강渠江 및 부강涪江을 합하며 중경의 북동부에
서 양자강에 이른다. 뱃길이 편하다.

구당협瞿塘峽

장강 삼협 중의 하나. 양쪽 기슭이 가파르고 그 절벽 사이를
급류가 흘러 위험한 곳.

복룡담伏龍潭

사천성 관현의 서문 밖에 있는 못. 원이름은 이퇴離堆. 촉의 전
설 상 군주였던 이빙李氷이 치수를 하면서 만들었는데 후에 얼룡
孼龍을 이곳에 가두었다고 한다. 일년 내내 물이 마르지 않고 굉
장히 깊다고 한다.

삼협三峽

양자강 상류 사천성 봉절의 백제성에서 호북성의 의창宜昌의 남진관南津關 사이를 통과하는 대협곡의 총칭. 구당협, 무협, 서릉협의 3협을 포함하여 귀협歸峽, 우동협右洞峽, 명월협明月峽, 온탕협溫湯峽 등의 오백 리에 달한다.

서안은 절벽을 이루고 하도河道는 좁고 굴곡이 심하고 물결이 급하며 경치가 좋다. 서릉협은 황묘黃苗, 등영燈影, 황우黃牛, 우간마폐牛肝馬肺, 병서보검兵書寶劍, 철관鐵棺협으로 되었고 구당협은 하마下馬, 장군將軍, 보자탄寶子灘, 황장배慌張背, 흑석탄黑石灘으로 이루어졌으며, 무협은 구룡九龍, 우구牛口, 석문石門, 청죽표靑竹標, 설탄洩灘(자료집에는 예탄으로 되어 있음)으로 되어 있다.

우가 무산 삼협을 치수할 때 수로를 열고 있던 용 한 마리가 그만 잘못하여 협곡을 만들어 놓고 말았다. 그 협곡은 하등의 필요도 없는 것이었다. 우는 화가 나서 절벽에서 우둔한 그를 죽여 다른 용들에게 경종을 울렸다고 하는데 지금도 무산에는 착개협錯開峽과 참룡대斬龍臺가 남아 있다고 한다.

삼협으로부터 7백 리 사이에는 양쪽 언덕으로 산이 연달았고 높은 바위가 첩첩히 쌓였는데 하늘의 해를 가리울 정도고, 내내 원숭이 울음소리가 끊이지 않고 골짜기에 퍼진다고 한다.

충주忠州

사천성의 동부, 양자강의 좌안에 있는 도시. 본래 한대의 임강臨江현이며, 당나라 때 충주를 두고, 송나라에 이르러 이것을 함순부咸淳府로 승격시키고, 원대에는 다시 충주로 되고, 명대에도 그대로 두었다가 청조에 이르러 충주 직례주直隸州를 설치하여 그 밑에 풍도酆都 기타 3현을 관할하고 있다. 부근에는 치평사治平寺, 사현당四賢堂, 파대巴臺, 서루西樓, 병풍산屛風山 등의 명승이 있다.

3) 정주는 원래 고구려의 정주인데 현종 9년에 개성현의 속현이 되었다가 문종 16년에는 개성부에 속하였으며 예종 3년(1108)에 승천부로 고쳐서 지부사를 두었다. 충선왕 2년(1310) 해풍군으로 낮추었다.

백마산, 장원정(도선의 송악명당기에 이르기를 서강가에 성인이 말을 타고 있는 듯한 명당자리가 있는바 태조가 국토를 통일한 병신년(936)으로부터 120년 간에 이르러 이 곳에 정자를 정하면 고려왕조가 오래 유지될 수 있다고 하였다. 그리하여 문종이 태사령 김종윤에게 명하여 서강의 병악餠岳 남쪽에 궁궐을 건축하였다) 하원도河源渡(이 주의 남쪽에 있다), 중방제重房堤(중방비보였다고 한다. 매년 봄과 가을에 반주가 부병을 데리고 와서 이를 수축한다) 등이 있다.

서강의 병악餠岳 남쪽에 궁궐을 건축하였다…라는 고려사의 기록을 생각해 보자. 서강은 사천성 민강의 고려시대 지명이며, 예성강이라고 불렸고, 그곳에 현재 도강언이라는 고대 수리시설이 있는데 고대 사천의 왕국인 촉의 유능한 장수가 축조한 것이라는데, 그 후촉 왕의 이름은 왕건이며 그 왕릉이 사천성 성도에 지금도 잘 보존되어 있다.

그리고 중방비보가 바로 지금의 도강언이다. 도강언의 특징은 강물을 두 흐름으로 가르는 두 개의 거대한 둑으로 이루어져있다는 점이다.

다음은 100년 전 사천성 양자강 유역을 여행하고 "양자강 저 너머" 란 여행기를 쓴 이사벨라 버드 비숍의 기록이다.

"민강의 위협적인 협곡 위로 나무숲이 울창하고 거대한 둑을 지닌 너비 약 1백 80여 미터 되는 땅에 대나무 부교를 통해 티베트로 향하는 길이 나 있는 바로 그곳에 대륙에서 가장 웅장한 사원이 하나 서 있었다.

훌륭한 정원과 빼어나게 아름다운 정자들 그리고 사원 뒤쪽의 절벽을 따라 올라가 산 정상의 삼나무 숲으로 사라지는 첨탑들이 이 웅대한 사원의 경관에 운치를 더해주고 있었다. 이 웅장한 사원은 구석구석 깨끗하고 단정하게 정비되어 있었다. 운치 있는 예술작품들 사이로 이국의 양치식물인 고비로 둘러싸인 연못이 정원을 장식하고 있고 살아 숨쉬는 듯한 물줄기가 돌로 조각된 뱀의 입을 통해 흘러내리고 있었다. 입구에서 시작되는 거대한 돌계단은 단구에서 단구로 이어져 있었다."

이 기록은 바로 서강 병악의 남쪽에 건설된 궁궐 규모의 장원 정長源亭에 대한 설명이다.

4) 덕수현은 원래 고구려의 덕물현(인물현)으로 신라 경덕왕이

개칭하다. 문종 10년(1056) 이 현에 흥왕사를 창건하면서 현 소재지를 양천으로 옮기다. 조강도祖江渡와 인영도引寧渡가 있다.

인영도引寧渡는 장강 삼협의 상징적 나루터이다. 즉 강 양쪽, 혹은 한쪽에서 줄을 배에 매어 끌어 당겨서 이동시키는 곳이 인영 나루이다.

5) 강음현은 원래 고구려의 굴압屈押현(일명 강서)이다. 굴압이란 장강 삼협의 굴곡지고 물의 압력이 거센 곳을 의미한다.

6) 장단長湍현은 고구려의 장천성長淺城현(야야耶耶 또는 야아夜牙라고도 한다. 그 그림 같은 경치에 사람들이 놀라 감탄사가 지명이 될 정도의 아름다운 경치를 말한다)으로 경덕왕 때 개칭하였고 우봉군 관할로 하였으며 목종 4년(1001) 단주湍州로 고쳤고 장단도長湍渡 강 양쪽 기슭에 푸른 바위가 벽처럼 솟아 있어서 수십 리 밖에서 바라보면 마치 그림과 같다.

세간에 전하기를 태조가 이곳에 와서 놀고 간 일이 있다고 하는데 민간에서는 지금까지도 당시의 노래 곡조를 전하고 있다.

위의 고려사 지리지의 기록을 음미하여 보자.

바로 장강 삼협의 풍경을 설명하는 그대로이다. 장단長湍현은 장강의 거센 여울이 있는 곳을 말해준다. 장천성長淺城현은 장강의 얕은 여울이 급하게 흐르는 것을 말하며, 아예 단주湍州라고 할 만한 곳이다.

7) 임강臨江현은 원래 고구려의 장항獐項현(혹은 고사야홀차古斯也
忽次라고도 한다. 장항은 노루 목덜미를 의미한다)으로 신라 경덕
왕이 임강으로 고쳐 우봉군 관할 현으로 하다. 영통사靈通寺가 있
다.(경치가 매우 아름다운 점에서 송도 도성에서 첫째가는데 즉
아간인 강충 보육성인이 살던 마아갑摩阿岬(산허리를 갈아 놓은
듯한 언덕이란 뜻으로 장강 삼협을 의미한다) 지역이다. 임강은
현재 중경시로 충주의 한나라 때 이름이라는 설명이다.
  한나라 때란 말은 고구려와 동시대이다. 유방이 세운 한나라는
후한 말에 이르러 삼국지의 동탁, 조조 등이 난세를 만들어 결국
멸망한다.
  대륙의 황하 유역은 유방이 세운 전한(206~8년)이 멸망한 후
후한이 건국(25~220년)한 지 얼마되지 않아 혼란기인데, 후한 광
무제 30년간 정도가 조정의 위신이 섰을 뿐 내내 어린 황제와
외척의 횡포와 내시의 위세로 220년 동탁과 조조가 한나라를 멸
망시킬 때까지 혼돈 속에 빠져 있었던 곳이다.
  이때 이 지역의 실질적인 지배자는 고구려였다.

8) 토산현은 원래 고구려의 오사함달현인데 경덕왕이 개칭했
다.

9) 임진臨津현은 원래 고구려의 진임성津臨城현인데(혹은 오아홀烏阿忽) 경덕왕이 개칭, 신경의 옛터가 있고 임진도臨津渡가 있다.

임진, 임강은 모두가 사천성 양자강 유역의 고려시대의 지명으로 현재도 그 지명이 그대로 쓰이고 있다.

10) 송임松林현은 원래 고구려의 야지두치若只豆恥현(지섬之蟾 또는 삭두朔頭라고도 한다)인데 경덕왕이 여파如羆로 개칭하였고 광종은 이 현에 불일사佛日寺를 창건하였다. 오관산五冠山(효자 문충이 이 산 밑에 살았다고 하며 악부에 오관산곡이 있다)이 있다.

목두조작소당계	木頭雕作小唐鷄
저자침래벽상서	筯子砧來壁上棲
차조교교보시절	此鳥膠膠報時節
자안시사일평서	慈顏始似日平西

나무를 깎아 작은 닭 한 마리 만들어
젓가락으로 집어다가 벽 위에 앉혀 놓았네.
이 닭이 꼬끼오 꼬끼오 시간을 알리면
어머니 얼굴이 그제서야 서산에 지는 해처럼 되리.

이 노래를 부른 문충은 고려시대 사람으로 어머니를 지극한 효성으로 섬겼다. 개성과 30리 정도 떨어진 오관산 영통사동에 살았는데, 어머니의 봉양을 위해 벼슬을 했다.

아침에 나갈 때는 반드시 목적지를 아뢰고 갔으며 저녁에 돌아올 때 반드시 얼굴을 뵙고 인사를 했다. 저녁에는 잠자리를 보살피고 새벽에는 문안하는 것을 조금도 게을리하지 않았다. 그는 어머니가 늙은 것을 탄식하여 〈목계가〉를 지었는데, 〈오관산곡〉이라는 노래로 악보에 전하는 것을 이제현이 한시로 번역했다.

 * 서산에 지는 해 → '죽음'의 이미지

11) 마전麻田현은 원래 고구려의 마전천麻田淺현(혹은 泥沙波忽)인데 경덕왕은 임단臨湍으로 고쳐 우봉군 관할에 두었다. 후에 적성현에 합쳤다.

임단臨湍 - 이 지명도 임진, 임강과 함께 양자강의 흐름을 상징하는 것으로 사천성 중경시에서 호북성 의창시까지의 장강 삼협의 거센 여울을 말해준다. 탄이라고 하는데 신탄진이 대표적인 지명이다.

12) 적성현은 원래 고구려의 칠중성인데 경덕왕은 중성으로 고치고 래소군의 관할 현으로 정했다. 고려초 다시 적성이라 부르고 장단현에 속했다가 개성부로 바꿨으며 후에 감무를 두었다. 곤악이 있다. (신라 이래 소사이다. 산 위에 사당이 있는데 매년 봄과 가을에 황제가 향과 축문을 보내어 제사를 지낸다. 현종 2년(10110) 거란 침략군이 장단악 사당까지 이르니 군기와 군마들

이 있는 듯 보여서 거란병이 겁을 먹고 감히 더 침입하지 못하였으므로 황제는 이 사당을 복구하여 신령의 보호에 보답하게 하였다.)

이글은 장강 삼협의 협곡의 형상을 적성으로 표현하고 있다.

13) 파평波平현(파坡)은 원래 고구려의 파해평사波害平史현으로 경덕왕이 개칭하여 래소군 관할 현으로 하였다. 영평鈴平이라고도 한다. 파평이란 물결이 거세 피해를 입으니 평안을 기원하는 마음으로 지은 지명이다.

파해평사현이란 물결이 거세 피해를 입는 일이 역사에 기록된 지역이란 뜻이다.

단湍 ; 여울 단

찬淺 ; 얕을 천

파波 ; 물결 파 등은 장강 삼협의 거센 물쌀이 여울져 흐르는 지형임을 나타낸다.

신탄진新灘津 ; 병서보검협은 신탄과 향계 사이의 4km 구간으로 제갈량의 '병법서'라고 전해지는 바위와 보검 모양의 바위가 있는 협곡.

이상으로 고려시대 경기에 속한 지역이 대륙의 사천성 양자강 유역이었다는 지명 연구를 마칩니다.

현재 연구하고 있는 것은 사천성 만현과, 개현, 개강현에 관한 연구입니다.

　그곳이 고려의 도읍지 개주 촉막군이었으며, 개주 송악군의 또 다른 이름이 촉나라가 있었던 사천성이라는 유력한 증거입니다.

　그럼 이만 총총…

사천성, 청해성, 감숙성, 영하회족자치주 여행기

마 윤 일

[다음 기사는 재야사학자 마윤일 씨가 삼국사기와 고려사에 등
장하는 고구려와 고려의 영토였던 사천성, 청해성, 감숙성, 영하
회족자치주를 2013년 11월에 10일 동안 돌아보고 나서 써 보낸
여행기이다. 편집자]

열흘 일정으로 대륙의 사천성을 향해 출발하였다. 부산에서 상
해 포동공항까지 1시간 반, 상해에서 사천성 성도공항까지 2시간
반 예정이었다. 그런데 오후 1시 탑승 예정이었는데 상해공항에
서 중국 국내선을 기다리는데 무려 6시간을 기다려야 했다. 아무
런 안내도 없이 무조건이었다. 비행기에 탑승해서도 한 시간 이
상을 기다렸다. 오후 10시경 겨우 성도 호텔에 도착했는데 다른
팀은 그 다음날 새벽 4시경에 호텔에 도착했다고 한다.

그 덕분에 성도에서 꼭 가고 싶었던 왕건묘에 가지 못했다. 왕
건묘는 한국사람들에게 그 이름이 알려져 유명해지자 영릉으로
그 이름을 바꿔 놓았다, 하지만 아직도 중국 현지 지도에도 왕건
묘로 표기되어 있었다. 역사 왜곡이 이루어지고 있는 현장을 확

인한 것 같았다.

성도의 왕건묘를 그들은 서촉왕(847~918) 왕건으로 비하하고 있지만, 실은 고려태조(918~943) 왕건의 묘로 그 규모가 조그마한 하나의 능 수준을 넘는 거대한 왕궁의 규모이다. 우리 서울의 경복궁이나 비원 같은 다양한 전각과 연못이 있고 발굴된 무덤의 규모도 엄청나다.

〈왕건 묘〉

왕건묘와 함께 사천성에는 중요한 고려시대의 유적이 있다. 중국인들이 자랑하는 고대 수리시설인 도강언이다. 도강언의 특징은 강물을 두 흐름으로 가르는 거대한 둑으로 이루어져 있다는 점이다. 이 둑의 특징은 둑이 강 중앙에 강을 따라 길게 설치되어 강물의 흐름을 두 갈래로 갈라서 수량을 조정하는 방법이다. 즉 고려사지리지의 중방제를 말하는것이다. 즉 강물을 가두는 방이 두 개란 뜻이다.

고려사 지리지에 "도선의 송악명당기에 이르기를 서강가에 성인이 말을 타고 있는 형상의 명당자리가 있다"고 하여 이곳에 즉 서강의 병악 남쪽에 궁궐을 건축하게 했는데 이것이 장원정이라는 사원이다.

이곳에 또 중방제(중방비보라고도 하는데 매년 봄과 가을에 반주가 부병을 데리고 와서 이를 수축한다)가 있다고 했다.

다음은 100년 전 사천성 양자강 유역을 여행하고 "양자강 저너머"란 여행기를 쓴 이사벨라 버드 비숍의 기록이다.

"민강의 위협적인 협곡 위로 나무숲이 울창하고 거대한 둑을 지닌 너비 약 1백 80여 미터 되는 땅에 대나무 부교를 통해 티베트로 향하는 길이 나 있는 바로 그곳에 대륙에서 가장 웅장한 사원이 하나 서 있었다.

훌륭한 정원과 빼어나게 아름다운 정자들 그리고 사원 뒤쪽의 절벽을 따라 올라가 산 정상의 삼나무 숲으로 사라지는 첨탑들이 이 웅대한 사원의 경관에 운치를 더해주고 있었다. 이 웅장한 사원은 구석구석 깨끗하고 단정하게 정비되어 있었다.

운치 있는 예술작품들 사이로 이국의 양치식물인 고비로 둘러싸인 연못이 정원을 장식하고 있고 살아 숨 쉬는 듯 한 물줄기가 돌로 조각된 뱀의 입을 통해 흘러내리고 있었다. 입구에서 시작되는 거대한 돌계단은 단구에서 단구로 이어져 있었다."

이 기록은 바로 서강 병악의 남쪽에 건설된 궁궐 규모의 장원 정長源亭에 대한 설명이다. 사천성 성도에서 도강언을 지나 민강 의 발원지 민산에는 구채구와 황룡 그리고 모니구라는 아름다운 비경이 있다. 이곳에는 티베트 자치주 원주민들이 아직도 전통적 인 방식으로 살아가고 있었다.

이곳 민산의 최고봉은 해발 5,588m의 만년 설산으로 설보정이 라고 한다. 이곳에 송반松潘이라는 옛 도시가 있었는데 당나라 때 송주松州라고 했다고 한다.

고려의 도읍지 송악군 개주의 이름이 이곳에 남아 있었다. 멋 진 옛 고성과 함께 공민왕의 후예 우왕은 신돈의 여종 반야般若 의 소생으로 아명은 모니노牟尼奴, 이름은 우禑였다. 그의 이름이 이곳 지명이 되어 있었다.

그 다음 날은 감숙성 하하夏河란 고대도시를 향해 민산을 넘어 고원지대를 가로질러 버스는 달린다. 이곳에는 오래된 웅장한 사 찰이 있었다. 라부랑사-라부랑사는 티베트어로 "최고 활불의 관 저"란 뜻이다. 원나라 초기 즉 고려시대의 사찰인데 포탈라궁에 버금가는 규모를 자랑한다.

대학 6개와 불전 및 활불의 거처 48곳, 승려의 거처 500여 곳 을 거느린 라부랑사는 그 사찰의 둘레가 3킬로이며 사천, 감숙, 청해성 최대의 종교및 문화 중심으로 완벽한 라마교 교학체계를 보유한 한족풍의 건물과 티베트풍의 건물이 어우러진 사찰군이 다.

라부랑사는 크고 작은 건물을 수없이 거느리는데 그중 7층 건물, 6층 건물, 4층 건물, 3층 건물, 2층 건물 등이 활불의 관저로 이용되고, 주방과 스님의 별장으로도 이용된다. 경을 논하는 방만해도 500여 간이 넘으며 스님의 숙소는 만여 간이 넘는다.

특히 이 사찰이 자랑하는 본전인 대경당에는 석가모니와 종카파 등의 불상이 있고 미륵불상을 공양하는 뒤쪽 별채에는 스님의 사리영탑이 41기가 보존되어 있다. 라부랑사에는 불교 경전을 논하는 장소 외에 신도들의 참배 장소인 불전도 아주 많다. 즉, 관음전, 미륵불전과 석가모니불전 등이다.

6층인 미륵불전은 한족과 티베트 풍의 건축양식이 어울러져 있어 건물의 맨 위층에는 궁궐식 네모난 정자를 올려놓았다. 지붕의 네 귀퉁이가 건듯 들린 가운데 노란 구리로 주조한 사자와 용, 보병과 법륜 등이 자리잡아 찬란한 햇빛 아래 화려한 빛을 뿌림으로써 대금와사란 별칭도 갖는다. 또한 노란 기와를 얹은 석가모니불전은 소금와사로 불린다.

이 티베트와 사천성의 수많은 사원에는 무수한 승려들이 불법을 공부하고 있는데 현지인들은 자식 중에 장남을 대부분 어릴 때부터 사원에 보낸다고 한다.

고려사의 기록에 의하면 왕이 되지 못한 대부분의 왕자들이 스님이 되었다고 하며 왕도 궁궐에서 보내는 시간보다 절에서 유하는 시간이 많았으며 궁궐과 사찰 사이에 비단 장막을 치고 그 사이로 왕이 이동하였다고 한다. 라부랑사는 "최고 활불의 관저" 라는 의미심장한 뜻을 가지고 있다.

라부랑사를 둘러보고는 다시 청해성 서녕시를 향해 출발하였다. 서령西寧이란 지명은 고려사 지리지에 의하면 해주의 또 다른 이름으로 대영서해大寧西海를 말하며 이곳에는 청해진이 있었다. 지금 그들은 그 지명을 서해진이라고 표기해 놓았다.

이곳 서녕시에는 타얼사라는 유명한 사찰이 있는데 티베트 불교 거루파의 창시자인 종카파가 이곳에서 태어났다고 한다. 초대 달라이라마와 판첸라마는 종카파의 제자였다고 한다. 타얼사란 탑 뒤에 세운 절이란 뜻이다.

타얼사를 둘러보고는 청해성 청해호를 향해 가는데 중간에 문성공주가 시집가다 머문 곳이란 일월정에 들렀다. 이곳에서 양뿔로 만든 붓을 하나 샀다. 이곳이 황토고원과 청장고원의 분계지점이라고 한다.

대진국본기에 "해주 암연현은 동쪽으로 신라와 접했는데 암연은 지금의 옹진이다"라고 했다. 요사 지리지에 의하면 "암연현은 동쪽으로 신라와 경계하고 옛 평양성은 암연현의 서남쪽에 있으며 동북쪽으로 120리 지점에 해주가 있다"고 했다. 이곳은 해주였던 서녕시에서 서남으로 시속 60킬로로 한 시간 거리에 있었다. 10리가 4킬로이니 120리는 60킬로 아닌가?

토번吐蕃의 송찬간포(松贊干布, Songtsän Gampo: 604~650)가 티베트를 통일하고 현재의 시짱자치구의 라싸拉薩에 도읍을 정하고 강대한 토번 왕조를 수립한 이후 641년 송찬간포가 당唐과의 혼

인으로 맞이한 두 번째 황후로 당태종(618~649)의 조카딸 문성공
주와의 혼인은 당태종 이세민이 고구려 침공(645) 몇 해 전에 고
구려의 후방을 교란시킬 목적으로 한 정략결혼이었다.

당태종 이세민은 고구려를 공격하다가 안시성 전투에서 양만
춘 장군의 화살에 왼쪽 눈을 맞아 그 후유증으로 4년 만에 죽는
다(649).

문성공주, 그녀가 당나라와 토번의 경계에서 눈물을 흘리며 어
머니를 그리워했다는 그곳이 신라와 발해의 국경이었던 바로 그
곳인 해주의 암연현이고 이곳에 일월정이 있었다. 그리고 그 서
남쪽의 옛 평양성은 지금의 오란烏蘭 도란都蘭이 된다.

드디어 청해호에 도착했다. 해발 3,260m의 고원에 위치한 중국
에서 가장 큰 호수로 넓이가 4,500㎢이며, 한국의 경상남도 만한
면적이다. 이스라엘의 사해死海와 함께 세계 2대 염호이다. 이 호
수를 중공은 잠수함 어뢰 실험장으로 이용했다고 한다. 호수 가
운데 섬이 여러 개 있다. 그 중 하나에는 높은 산이 있는데 해심
산이라 한다. 원래는 웅심산이 아니었을까?

고구려국 본기에 말하기를 "고리군의 왕 고진은 해모수의 둘째
아들이며 옥저후 불리지는 고진의 손자이다. 모두 도적 위만을
토벌함에 공을 세워 봉함을 받은 바라, 불리지는 일찍이 서쪽 압
록강변을 지나다가 하백녀 유화를 맞아 고주몽을 낳게 하였다.
때는 임인년(B.C. 199) 5월 5일이라. 곧 한나라 왕 불능 원봉 2년
이다. 불리지가 죽으니 유화는 아들 주몽을 데리고 웅심산으로

돌아왔는데 지금의 서란이다"라고 하였다.

그 웅심산이 여기 해심산이고 서란은 오란 도란이다. 청해호에
는 또 새들의 섬이 있다. 수많은 철새들이 장관을 연출하고 있는
데 특히 청동오리 떼의 군무는 보는 이들의 감탄을 자아내게 한
다. 우리 압록강鴨綠江의 압鴨이 오리鴨이다. 황하 상류의 청둥오리
떼를 보면 압록강의 의미를 되새기게 한다.

서녕시와 감숙성 난주는 실크로드의 핵심 길목으로 이곳에 청
해진을 설치하여 실크로드를 장악한 신라의 군벌이 장보고이다.
그는 통일신라의 최대의 무역 왕이었다. 그가 장악한 실크로드의
최대 중요 거점이 이곳 감숙성 난주와 해주의 청해진이다. 그러
고 보니 이 지역에는 많은 진이 있었다.

지도에 나와 있는 진의 이름을 옮겨본다. 우선 냉룡령이라는 기
련산의 중심 고갯길을 시작으로 안원진, 황양진, 서해진. 서보진,
다파진. 경양진, 공화진, 난융구진, 상오장진, 남관협진, 단마진,
오십진 등이 있다.

이 중에서 가장 큰 진이 서해진인데 이곳이 바로 청해진이었
다. 얼마 전까지 지도상에 서해진이었는데 지금은 해북 장족 자
치주로 지명을 고쳐 놓았다.

그 다음날 서녕시를 출발하여 감숙성 난주를 향하여 227번 국
도를 따라 버스는 달린다. 해발 4,000m가 넘는 달판산 고갯길을
넘어서니 멀리 기련산맥의 설봉이 보였다. 정상 가까운 곳에서
마땅한 전망대가 없어 중턱에 있는 간이 전망대에 버스를 세우

고 기련산을 배경삼아 사진촬영을 하였다.

그런데 알고보니 앞에 보이는 설봉은 냉용령(4,843m)이라는 기련산맥의 연장 선상의 산맥이었는데 이곳이 사실은 우리 역사 속의 죽령산이다.

서녕시에서 달판산을 넘어서면 유채꽃으로 이름 높은 문원시가 나오고, 냉용령을 우측으로 바라보면서 국도를 달리다가 보니 어느새 기련산 고갯길에 접어들어 기련산맥을 넘어갔다. 계곡을 옆에 끼고 협곡을 빠져 나갔다. 그 옛날 고구려 대왕이 말 타고 넘었던 고갯길 죽령이었다.

고구려 제11대 동천제 20년 8월에 위나라 유주자사 관구검이 군사 만 명을 거느리고 현도를 나와 침범하니 제왕은 보, 기병 2만을 거느리고 비류수 위에서 영전하여 이를 깨뜨리고 3천의 목을 베었다.

또 군사를 이끌고 양맥의 입구인 골짜기에서 다시 싸워 또 3천을 베었다. 이에 황제는 관구검을 몰살시키려 철기병 5천을 거느리고 공격하니, 관구검이 방진을 벌이며 결사적으로 싸워 우리 군사가 대패하였다.

황제는 겨우 1천의 기병과 압록원으로 달아났다. 10월 검이 환도성을 쳐 무찌르고 장군 왕기를 보내어 황제를 추격하게 하였다. 제는 남옥저로 달아나 죽령에 이르니 군사가 다 흩어졌다.

오직 동부의 밀우가 곁에 있다가 "신이 죽기로써 싸울 터이니 그 틈에 달아나소서" 하여 제는 사잇길로 달아나 겨우 흩어진 군사를 모아 수습하며, 능히 밀우를 데려오는 자에게 후한 상을 주리라 하였다.

하부의 유옥구가 가서 밀우가 땅에 쓰러져 있는 것을 업고 돌아왔다. 제는 사잇길로 전전하여 남옥저에 이르렀으나 위군의 추격이 오히려 그치지 않았다. 이에 동부사람 유유가 계책으로 항복을 청하여 위장과 함께 돌진하니 위군이 흩어져 버렸다. 위병들은 드디어 낙랑 방면으로 퇴거하였다. 이에 제는 해빈海濱에서 돌아왔다.

이 싸움에서 위장 모구검은 숙신의 남계에 이르러 공을 돌에 새기고, 환도산에 이르러 불내성이라고 새기고 돌아갔다.(괄지지에 이르기를 불내성은 국내성이니 그 성은 돌로 쌓아 만들었다. 이는 국내성과 환도산이 상접한 까닭이다.)

처음 모구검이 공격한 환도성은 신강위구르의 투루판에 있는 고구려 수도이다. 국내성을 위나암尉那巖이라고도 하는데 이곳이 신강위구르의 위리尉梨라는 곳이다.

을지문덕乙支文德이 자치통감에는 위지尉支문덕으로 기록되어 있다. 해빈海濱은 해모수가 건국한 북부여의 수도 난빈蘭濱이다. 양맥梁貊의 골짜기가 양구梁口이다. 감숙성 기련산의 냉룡령冷龍嶺이 죽령竹嶺이다. 동천제는 감숙성 냉룡령(죽령)을 넘어 청해성 해빈으로 도피한 것이다.

이곳까지 쫓아온 위군이 감숙성 난주를 지나 평량(낙랑)으로 철군한 것이다. 기련산의 주봉은 감숙성 주천시 바로 정면에 솟아있는 기련산(5,547m)과 돈황시와 옥문관 사이의 대설산(5,483m)을 연결하는 산맥이다.

문원에서 제대로 보지 못한 유채꽃을 기련산을 넘어 민락시로 가던 중 편도구라는 곳에서 아주 멋진 유채밭을 만났다. 이곳에서 사진 촬영을 하고 장액시로 들어갔다. 장액은 원래 감초의 주산지라고 감주라고 불렀다. 이곳에 온 이유는 여기에 칠채산이라고 하는 단하지모가 있기 때문이다.

이곳의 이름이 산단이다. 산단山丹. 고려사 지리지에는 단산丹山으로 나와 있다. 고구려의 적산현인데 신라 때에는 내제군 관할 하에 현으로 만들었다. 고려초에 단산으로 명칭을 바꾸다. 충숙왕 5년(1318)에 지 단양군사로 승격시켰다. 죽령산이 있다. 단양丹陽이 단산丹山이었다. 그런데 이 단산丹山은 글자 그대로 온통 붉은 산이었다.

과연 고려사 지리지의 지명은 하나하나가 그대로 역사였다. 이곳이 진정한 단양이었다. 이곳 감숙성에는 주천, 단양, 평량平涼, 백은白銀(白鳥), 영월寧越(중녕中寧, 회녕會寧, 정령靜寧) 등 여러 지명이 있는데, 고려사지리지에서는 원주를 평양平涼이라고 했다. 한반도에는 없는 평양平涼이 이 곳에는 있었다. 주천酒泉, 산단山丹과 함께. 붉은 산을 한없이 바라보면서 여기가 단양이라고 외치고 싶었다.

이제 감숙성 실크로드의 길을 따라 황하가 흐르는 난주를 향해 고속도로를 달려갔다. 장액張液, 산단山丹, 영창永昌, 금창金昌, 은창銀昌, 황양진黃羊鎭, 고랑古浪을 지나니 고성古城이라는 도를 지난다. 무슨 고성古城인가? 이제 고속도로를 벗어나 영하회족자치주寧夏回族自治州 중령中寧을 향해 국도를 달린다.

차창 밖에 사막의 풍경이 나타난다. 안북대도호부安北大都護府 영주寧州는 원래 고구려의 팽원彭原군(이곳에 팽양彭陽이라는 도시가 있다)인데, 고려 태조 14년 안북부를 설치하였고, 성종 2년 영주 안북 대도호부라고 불렀으며, 현종 9년에 안북 대도호부라고 하였다.

고종 43년 황제가 몽고 침략군을 피해 창린도로 들어갔다가 후에 육지로 나왔다. 공민왕 18년 안주 도호부를 설치하였고 후에 안주목으로 승격되었다. 안릉安陵(성종이 정한 명칭)이라고 부른다. 여기에 청천강이 있다.(청수하라는 강이 흐른다.)

본 녕주 안북 대도호부 관할하에 25개 방어군이 속해 있다. 또 진이 12개, 현이 6개 속해 있다.

엄청나게 거대한 지역이다. 지금으로부터 1,000년 전에 방어군 하나는 주둔군이 5만 이상이었다.

다음은 민지가 편찬한 역사강목의 기록이다.

"윤관이 9개 성을 쌓고 남방 백성들을 이주시켜 살게 하였는바 함주는 진동군이라 부르고 1만 3천 호를 두었으며, 영주는 안

령군이라 불렀고, 웅주는 영해군이라 불러서 각각 1만 호를 두었으며, 복주, 길주, 의주의 3개 진에는 각각 칠천 호를 공험진, 통태진, 평륭진에는 각각 5천 호를 두었다"고 기록하였다.

이 안북 대 도호부 영주가 영하회족자치주가 되어 있었다. 영하회족자치주의 주도가 은천銀川시이다. 귀주대첩의 영웅 강감찬姜邯贊(948~1031) 장군의 아명이 은천銀川이다. 귀주는 원래 구주龜州이다. 고구려의 만년군인데 성종 13년 평장사 서희 장군이 명령을 받고 군대를 거느리고 가서 여진족을 쫓아내고 구주에 성을 쌓았다.

정원대도호부定遠大都護府라고 하며 후에 정주목定州牧이 되다. 지금 정변定邊이라는 도시로 섬서성과 영하자치주 사이를 지나가는 만리장성에 연한 도시이다. 이곳 홍화진 전투에서 강물에 보를 막아 터트리는 작전으로 대승을 거둔다. 또한 이곳은 고구려와 수나라의 전쟁터인 을지문덕 장군의 살수대첩이 벌어진 곳이다.

양광은 임신(612)의 오랑캐라고 한다. 홍무 23년 수군 130여 만명은 바다와 산으로 나란히 공격해 왔다. 을지문덕은 능히 기이한 계책으로 군대를 이끌고 나아가서 이를 초격하고 추격하여 살수에 이르러 마침내 이를 대파하였다.

이곳에는 황하의 지류인 청수라는 강이 중령시에서 황하와 합류하는데 이강이 청천강 살수이다. 이 청수하의 상류가 육반산인데 바로 원나라 징기스칸이 고려군에 의해 살해당한 산이다.

　수, 당은 5호 16국의 뒤를 이은 선비족의 후예이다. 이들은 지금의 대흥안령산맥의 선비산이 그들의 본거지이다. 그들이 국력을 다해 고구려를 침략해 오는 이유를 지도가 설명해 준다. 중원 대륙의 장안성을 차지하고 있는 고구려를 공격하는 방법은 내몽고 초원길을 따라 황하를 건너 공격해 오는 길이다.

　이때 이들을 막는 것이 만리장성이다. 고구려의 연개소문이 쌓은 천리장성이 이 영화회족자치주의 장성이었던 것이다.

　그들은 대부분 겨울에 공격해 온다. 황하가 얼어붙기를 기다려 공격해 오기 때문이다. 지도에 구부치 사막과 오원이라는 내몽고의 도시 사이가 바로 그 유명한 요택이라는 곳이다. 봄이 되면 황하의 상류인 청해성과 감숙성 지역은 강물이 녹기 시작한다. 그러나 북쪽 내몽고를 향해 휘감아 올라간 황하의 하류는 아직 추워서 강물이 녹지 않는다.

　이때 문제가 발생한다. 상류의 녹은 물이 하류를 범람하는 것이다. 이것이 고대의 요택이라는 진흙 벌판이 되는 것이다. 이곳의 현재 지명은 오르도스라고 부르는데 이 지역은 북부여 시기에는 위만이 반란을 일으킨 곳으로 그 발단은 다음과 같다.

　북부여 해모수 재위 31년(임진) 진승이 농민 반란을 일으켜 진나라가 크게 어지러워졌다. 이에 연나라, 제나라, 조나라 백성들이 피난하여 번조선에 귀순하는 자가 수만 명이나 되었다.

　이들을 상하의 운장에 갈라 살게 하고 장군을 파견하여 감독하게 하다.(이들을 살게 한 상, 하의 운장이란 곳이 바로 황하의 만곡 부분 즉 오늘날 오르도스라고 부르는 곳으로 섬서성 만리장성 북쪽이다.

자 보라. 부여와 번조선과 연, 제나라의 위치를 제대로 알고 보면 역사의 흐름을 바르게 알 수 있다. 이들 피난 온 유민들을 번조선의 변두리에 정착시킬 것은 너무도 당연한 것이 아닐까?

또 더욱 중요한 것이 있다. 이 오르도스 지역에, 황하의 북안 왼쪽에 요택이 있다고 한단고기가 밝혀 놓은 것이다.

이때 춘추전국시대가 끝나고 한나라 유방이 나라를 건국할 때 유방의 친구인 연나라 노관이 한나라를 배신하고 흉노로 망명하니 그의 무리 중 위만은 북부여의 해모수 단제에게 망명을 요구했으나 허락하지 않으셨으나, 번조선왕 기준이 크게 실수하여 마침내 위만을 박사로 모시고 상, 하 운장을 떼내어 위만에게 봉하였다.

고구려를 공격하는 당나라 이세민이 안시성 전투에서 양만춘 장군의 검은깃의 화살에 왼쪽 눈을 맞아 말에서 떨어진 후 황망하게 도망친 곳이 이곳 요택이라는 진흙 벌판이다. 그럼 그들은 왜 지도에 보이는 하슬라주, 즉 동원경 태원을 향해 오지 않는가? 그곳에는 최고봉 오대산(3058)을 기점으로 태행산맥과 여양산맥이 첩첩이 가로 막고 있기 때문이다.

고구려 고국원 제12년(341) 연나라 모용왕이 고구려를 도모하는 내용이 삼국사기 고구려 본기에 실려있다.

【10월에 연왕 황이 국도를 극성에서 용성(조양)으로 옮겼는데,

입위장군 한(모용황의 형)이 권하기를 "먼저 고구려를 취하고 다음에 우문씨를 없애야만 중원을 도모할 수 있다. 고구려로 가는 길은 남북으로 두 길이 있는데 그 북쪽 길은 평활하고 남쪽 길은 험하고 좁으므로 고구려는 대군이 북쪽으로 오리라고 북쪽의 방비를 중히 여기고 남쪽의 방비를 가볍게 여길 것이므로 왕은 그때 정병을 거느리고 남쪽 길로 진군하여 불의에 일격을 가하면 북도(환도성)는 애써 취할 것도 못된다. 따로 한 소대를 북쪽으로 보내면 설령 실수가 있더라도 그의 중심부는 무너지게 되므로 사지는 힘을 쓰지 못할 것이다" 하니 황은 그 말에 따랐다.】

이때 연나라의 수도도 지금의 북경에서 한참 동북쪽이었다. 갈석산 부근이 영하회족자치주이며 고려의 안북 대도호부 영주이다.

이곳 사막에서 나는 낙타도 타고 모래 썰매도 타보았다. 황하를 따라 난주로 이동하던 중 황하 변에 위치한 기암괴석으로 유명한 황하 석림을 구경하였다. 이곳에서 그 옛날 황하를 건너는 유일한 교통수단인 양가죽 뗏목을 타게 되었다.

이곳 감숙성 난주는 실크로드 최대의 요충지이다. 섬서성 서안(서경, 장안, 평양)에서 돈황을 지나 천산산맥을 넘어가는 길목에 위치하고 있으며 이곳에서 황하를 건너게 된다. 이곳 난주가 의주이다.

의주는 원래 고려의 용만현으로 화의라고도 한다. 처음에 거란이 압록강 동쪽 강안에 성을 쌓고 보주라고 불렀고 문종 때 거란은 또한 궁구문을 설치하여 포주라고 불렀다(파주라고도 한다).

예종 12년에 요나라 자사 상효손이 도통 야율녕 등과 함께 금나라 공격을 피하여 해로로 도망쳐 와서 내원성과 포주를 우리나라에 돌려주겠다는 내용의 편지를 영덕성에 보냈으므로 우리 군사가 그 성에 진주하여 무기와 물자와 양곡을 인수하였다.

이에 왕은 기뻐하여 의주 방어사로 고치고 남방 백성을 이주시켰으며 다시 압록강(물론 한반도의 압록강이 아니다)을 국경으로 관방을 설치하였다.

인종 4년 금나라가 또 이주를 반환하였다. 고종 8년 반역했다고 해서 함신이라고 낮추어 부르다가 다시 고쳤으며 공민왕 15년 의주목이 되었다. 18년 만호부를 두었는데 용만이라고도 부른다. 이 주에 압록강(마자수, 또는 청하라고도 한다.) 여기서 황하의 상류를 압록강이라고 불렀음을 알 수 있다.

이상 난주를 끝으로 중국여행을 마치고 인천공항을 통해 귀국했다.

금언金言과 격언格言들

군자지소취자원 즉필유소대君子之所取者遠 則必有所待,
소취자대 즉필유소인所就者大 則必有所忍. - 소식蘇軾 -

군자가 원대한 것을 얻으려면 반드시 기회를 기다려야 하고,
큰 것을 얻으려면 꼭 참을성이 있어야 한다.

화생어구, 우생어안禍生於口, 憂生於眼,
병생어심, 구생어면病生於心, 垢生於面.

- 성대중(成大中 1732~809) -

앙화는 입에서 생기고, 근심은 눈에서 생기며, 병은 마음에서
생기고, 허물은 체면에서 생긴다.

243

계신호기소부도戒慎乎其所不睹. - 안중근安重根 -

남이 보지 않는 곳에서 경계하고 삼가라.

귀여운 아이에겐 매질을 하고, 미운 아이에겐 밥을 많이 먹여라. - 명심보감 -

잘 길든 말처럼
모든 감각이 확실하고
자만과 번뇌를
끊어버린 사람은
신들까지도 부러워하리라. - 법구경 -

삭비지조, 홀유이망지앙數飛之鳥, 忽有罹網之殃. - 명심보감 -

자주 나는 새는 그물에 걸리는 재앙을 당하기 쉽다.

* 참새처럼 자주 이리저리 날아다니기 잘하는 새들은 그물에 걸릴 확률이 많다. 그러나 독수리나 매처럼 주변을 엄밀하게 잘

살피는 기질이 있는 새들은 사람이 쳐놓은 그물 따위에 걸리는 일은 거의 없다.

포유동물 중에도 토끼, 노루, 고라니 같은 짐승들은 쉴 새 없이 돌아다니다가 사람이 쳐 놓은 그물이나 올무나 덫에 걸리고 함정에 빠지는 일이 많지만 언제나 자기 주변을 면밀하게 잘 살피는 성질을 갖고 있는 호랑이나 사자 같은 동물들은 그런 실수는 좀처럼 저지르지 않는다.

항상 자기 자신과 주변을 잘 살피는 기업인이나 상인들은 좀처럼 사기에 걸려드는 일이 없다. 그들은 언제나 사기꾼의 머리 꼭대기에 올라 앉아 있기 때문이다.

따라서 만사에 관찰을 생활화하는 구도자들은 상대의 마음을 꿰뚫어 보고 있으므로 사기꾼의 그물만 피할 수 있는 것이 아니라, 자기 자신의 존재의 실상을 규명하는 데도 그 능력을 십분 발휘할 수 있다. 이 관찰 능력이야말로 구도의 승패를 가름하는 잣대라고 할 수 있다.

옥불탁, 불성기, 인불학, 부지도玉不琢, 不成器, 人不學, 不知道. - 예기禮記-

옥은 다듬지 않으면 보배가 될 수 없고,
사람은 배우지 않으면 도리를 알 수 없다. - 명심보감-

내부족자, 기사번內不足者, 其辭煩,
심무주자, 기사황心無主者, 其辭荒.

- 성대중(成大中 1732~809) -

내면이 부족한 사람은 그 말이 번다하고, 마음에 주견이 없는 사람은 그 말이 거칠다.

대지와 같이 너그럽고
문지방처럼 확실하고
흙탕 없는 호수처럼
마음이 맑은 사람에겐
윤회란 있을 수 없다. - 법구경 -

세상 사람들은 제각기 구슬과 옥을 사랑하지만
나는 자손이 훌륭해지는 것을 사랑하리라. - 명심보감 -

천여불수, 반수기앙이天與不受, 反受其殃耳. - 안중근安重根 -

하늘이 기회를 주는데도 받지 않으면 도리어 그 재앙을 받는다.

* 명성황후를 시해하고 한국을 무력으로 굴복시켜 동양 평화를 교란시키는 침략의 원흉인 일본 수상 이토오 히로부미를 처단함으로써 세계에 경고를 주라는 하늘이 준 기회를 외면한다면 도리어 하늘의 재앙을 받을 것이라는 것이 안중근 의사의 생각이었다.

칠세동아, 약승아자, 아즉문이七歲童兒, 若勝我者, 我卽問伊,
백세노옹, 불급아자, 아즉교타百歲老翁, 不及我者, 我卽敎他.
                                    - 조주趙州(당나라 때의 고승) -
일곱 살 아린아이라도 나보다 훌륭하면 나는 그에게 배울 것이고, 백 살 노인이라도 나만 못하면 나는 즉시 그를 가르칠 것이다.

마음 마음이여, 알 수가 없구나. 너그러울 때는 온 세상을 받아들이다가도 한번 옹졸해지면 바늘 하나 꽂을 자리가 없구나. - 달마達磨 스님-

다산승, 불산불승多算勝, 不算不勝. - 손자병법孫子兵法 -

요모저모 따져보면 이길 수 있고, 따져보지 않으면 승산이 없다.

겸공자굴절, 어기하손謙恭者屈節, 於己何損,
이인개열지, 이막대언而人皆悅之, 利莫大焉,
교오자폭기, 어기하익驕傲者暴氣, 於己何益,
이인개질지, 해숙심언而人皆嫉之, 害孰甚焉.

- 성대중(成大中 1732~1809) -

겸손하고 공손한 사람이 자신을 굽히는 것이야 자기에게 무슨 해가 되겠는가? 사람들이 모두 기뻐하니 이보다 더 큰 이익이 어디 있을까. 그러나 교만한 사람이 포악하게 구는 것이야 그 자신에게 무슨 보탬이 되겠는가? 사람들이 한결같이 미워하니 이보다 큰 손해가 어디 있겠는가.

보화는 쓰면 바닥이 나지만
충효忠孝는 아무리 바쳐도 바쳐도

다하는 일이 없다. - 명심보감明心寶鑑 -

바른 지혜로 깨달음을 얻어
절대 평화의 경지에 든 사람은
마음이 잠잠하게 가라앉고
밀과 행동도 고요하다. - 법구경 -

수서부재사다, 단귀정숙授書不在徙多, 但貴精熟. - 왕수인王守仁(명나라
중기의 유학자, 양명학파의 시조) -

공부시키는 데는 많이 가르치기보다 확실히 알도록 가르치는
것이 더 낫다.

바른 믿음으로 진리를 깨달아
윤회의 줄을 끊어버리고
온갖 유혹을 물리치고

욕망에서 벗어난 사람이야말로
참으로 뛰어난 수행자이다. - 법구경 -

집안이 화목하면 가난해도 좋지만
의義롭지 못하면
부자인들 무슨 쓸모가 있으랴.
단 하나의 효자만 있다면
많은 자식들이 무슨 소용이겠는가. - 명심보감 -

이동위경, 가이정의관以銅爲鏡, 可以定衣冠,
이고위경, 가지흥체以古爲鏡, 可知興替,
이인위경, 가이명득실以人爲鏡, 可以明得失. - 당唐 태종太宗 -

구리를 거울로 삼으면 의관을 바르게 할 수 있고, 옛일을 거울
로 삼으면 역사의 흥망을 알 수 있으며, 사람을 거울로 삼으면
이해득실을 밝힐 수 있다.

심부재언, 시이불견, 청이불문心不在焉, 視而不見, 聽而不聞,
식이부지기미食而不知其味. - 예기禮記, 대학大學편 -

마음이 다른 곳에 가 있으면 보아도 볼 수 없고, 들어도 들을
수 없으며, 먹어도 그 맛을 모른다.

시속인유이, 불자문기과時俗人有耳, 不自聞其過. - 한유韓愈(당 나라
때의 문학가 사상가 별명 퇴지) -

세속인들은 귀는 있지만 자기 잘못을 들으려 하지 않는다.

아버지에게 걱정거리가 없는 것은 자식이 효도를 하기 때문이고,
남편에게 고민거리가 없는 것은 어진 아내가 있기 때문이며,
말이 많아 구설수가 따르는 것은 모두가 술 때문이고,
의리가 끊어지고 친분이 멀어지는 것은 오직 금전 때문이다.
- 명심보감 -

마을이건 숲이건 골짜기건 평지건

깨달음을 얻은 이가 사는 곳이라면

어디를 막론하고 즐거움이 넘치리라. - 법구경 -

무욕속, 무견소리, 욕속 즉부달無欲速, 無見小利, 欲速 則不達.

견소리 즉대사불성見小利 則大事不成. - 논어論語, 자로子路편 -

급히 서두르지 말고, 작은 이득을 꾀하지 말라. 서두르면 달성
하지 못한다. 작은 이득을 탐하면 큰 일을 성취할 수 없다.

오어인, 이책인공傲於人, 而責人恭,

박어인, 이책인후薄於人, 而責人厚,

천하무차리야, 강지화필지의天下無此理也, 强之禍必至矣.

- 성대중(成大中 1732-1809) -

자기는 남에게 뻣뻣이 대하면서 남에게는 공손하라 하고, 자기
는 남에게 야박하게 굴면서 남들 보고는 후덕하라고 한다면 천
하에 이런 이치가 어디에 있겠는가. 이를 강요하면 반드시 화가

미칠 것이다.

이미 비상한 즐거움을 맛보았거든
언제 닥칠지 모르는 우환에 대비하라. - 명심보감 -

인적 없는 숲속은 즐겁다.
집착을 버린 이들은
감각의 쾌락을 추구하지 않으므로
세상 사람들이 즐겨하지
않는 곳에서 즐거워하느니라. - 법구경 -

범인지소이귀어금수자凡人之所以貴於禽獸者, 이유예야以有禮也. - 안자
춘추晏子春秋(중국 춘추시대 말기 제나라의 명재상 안영(?~BC 500)
의 언행을 후대인이 기록했다는 책) -

무릇 사람이 짐승보다 귀한 것은 예의를 지킬 줄 알기 때문이다.

벌아지부비야, 즉아벌인지부야伐我之斧非也, 卽我伐人之斧也,

제아지정비야, 즉아제인지정야制我之梃非也, 卽我制人之梃也,

방기가제인야, 계비불교方其加諸人也, 計非不巧,

기비불밀야, 호홀지간機非不密也, 毫忽之間,

반위피리, 이아약자박이취야反爲彼利, 而我若自縛以就也,

지용병무소시야智勇並無所施也. - 성대중(成大中 1732~1809) -

나를 찍는 도끼는 다른 것이 아니다. 바로 내가 다른 사람을 찍었던 그 도끼다. 나를 치는 몽둥이는 다른 것이 아니다. 바로 내가 남을 때리던 그 몽둥이다. 바야흐로 남에게 해를 끼칠 때의 계책은 교묘하기 짝이 없고, 기미는 비밀스럽지 않은 것이 없다. 그러나 잠깐 사이에 도리어 저편이 유리하게 되어, 내가 마치 자승박하고 나아가는 형세가 되면, 지혜도 용기도 아무 짝에 쓸 데 없다.

부질없는 말을 엮어
늘어놓은 천 마디 말보다
들으면 마음이 가라앉는
단 한 마디가
훨씬 더 뛰어나느니라. - 법구경 -

상사의 총애를 지금 받고 있거든
언제 올지 모르는 치욕에 대비하고,
현재 편안한 자리에 있거든
언제 닥칠지 모르는 위기에 대비하라. - 명심보감 -

하세무기재, 유지재초야何世無奇在, 遺之在草野. - 좌사左思 -

어느 땐들 기이한 인재가 없으랴. 디만 초야에 묻혀 세상에 드
러나지 않을 뿐이다.

청이불각, 화이불탕淸而不刻, 和而不蕩,
엄이불잔, 관이불이嚴而不殘, 寬而不弛,
명대후일, 이부타인名待後日, 利付他人,
재세여여, 재관여빈在世如旅, 在官如賓. - 성대중(成大中 1732~1809) -

청렴하되 각박하지 않고, 화합하되 휩쓸리지 않으며, 엄격하되
잔인하지 않고, 너그럽되 느슨하지 않으며, 명예는 뒷날을 기다
리고, 이익은 남에게 양보하며, 세상 살아감은 나그네처럼 하고

벼슬은 손님처럼 지낸다.

영화가 가벼우면 치욕도 얕고, 이익이 많으면 손해도 크다.

- 명심보감 -

전쟁터에서 싸워
백만 군사를 이기기보다
자기 자신을 이기는 사람이
훨씬 더 훌륭한 승자다. - 법구경 -

선재적금은, 전불만연화채船載的金銀, 塡不滿煙花債. - 유림외사儒林外史(중국 청나라의 오경재가 지은 풍자소설) -

배로 실어 온 금은으로도 기생집 빚 다 못 갚는다.

자기 자신을 이기는 것은
남을 이기기보다 더 훌륭한 일
그러나 자신을 다스리고
항상 절제하는 사람이 되어라.

이러한 사람의 승리는
음악의 신도 악마도
이 세상을 창조한 최고신도
꺾거나 물리칠 수 없느니라. - 법구경 -

애욕愛慾이 심하면 반드시 소모도 심하고
칭찬이 심하면 예외 없이 헐뜯음도 심하다.
기쁨이 심하면 틀림없이 근심이 심하고,
뇌물에 욕심을 내면 영락없이 멸망이 닥친다. - 명심보감 -

내막가거, 왕막가추來莫可拒, 往莫可追.

오는 사람 막지 말고, 가는 사람 잡지 말라.

엄동불숙살, 하이견양춘嚴冬不肅殺, 何以見陽春.

겨울 추위가 매섭지 않다면 어떻게 화창한 봄날을 볼 수 있을
것인가.

백년 동안 다달이 천 번씩
제사를 지내기보다는
단 한 순간이라도
진정한 수행자를 돕는 것이
더 훌륭한 일이니라. - 법구경 -

높은 벼랑을 굽어보지 않으면
어찌 굴러 떨어지는 환난을 알 것이며,
깊은 못에 와 보지 않으면
어찌 빠져죽는 재앙을 알겠으며.
큰 바다를 보지 않으면
어찌 드센 풍파의 어려움을 알겠는가. -명심보감-

만장회도慢藏誨盜.

문 단속 안 하는 것은 도둑을 부르는 것이다.

A friend in need is a friend indeed.

어려울 때 친구가 진정한 친구다.

사랑하는 사람과 만나지 말라.
미운 사람과도 만나지 말라.
사랑하는 사람은 못 만나서 괴롭고
미운 사람은 만나서 괴롭다.

그러므로 사랑하는 사람을 만들지 말라.
사랑하는 사람을 잃는 것은 커다란 불행,
사랑도 미움도 없는 사람은 얽매임이 없다.

숲속에서 백년 동안

불의 신에게 제사 지내기보다
단 한순간이라도
진정한 수행자를
돕는 것이 훨씬 더 훌륭한 일이다. - 법구경 -

앞날을 알고 싶거든 먼저 지난 날을 돌아보라.
거울은 얼굴을 살펴보게 하는 물건이고
지난 일은 미래를 알게 한다. - 명심보감 -

신체발부, 수지부모身體髮膚, 受之父母,
불감훼손, 효지시야不敢毁損, 孝之始也, - 효경孝經 -

몸. 머리털, 살깢은 보모에게서 물려받은 것이므로 감히 훼손
하지 않는 것이 효의 사작이다.

과거를 따라가지 말고

미래를 기대하지 말라.
한번 지나간 것은 이미 버려진 것,
미래는 아직 오지 않았다.
다만 현재의 일을 자세히 살펴
잘 알고 익혀라.
누가 내일의 죽음을 알 수 있으랴. - 아함경 -

소리에 놀라지 않는 사자처럼
그물에 걸리지 않는 바람처럼
구정물에 더럽히지 않는 연꽃처럼
무소의 뿔처럼 혼자서 가라. - 숫타니파타 -

　* 숫타니파타는 원래 경집經集이라는 뜻인데, 불교의 수많은 경
전 중에서도 가장 초기에 이루어졌다. 그렇기 때문에 그 표현도
단순 소박하다. 법구경과 함께 간결한 운문韻文 형식으로 이루어
져 있다.

길에서 검객을 만나거든

너의 검을 보여주고
그가 시인이 아니거든
너의 시를 보이지 말라.
여우는 사자의 무리에 들 수 없고
등불은 해와 달의 광명에 견줄 수 없다. - 전등록, 묵주스님 어록-

한 차례 추위가
뼈에 사무치지 않으면
코를 찌르는 매화 향기를
어찌 얻으랴. -황벽 선사-

이일체제상, 증명제불離一切諸相, 證明諸佛.

모든 상에서 벗어나는 것이 부처가 되는 길이다.

도근도, 음근살賭近盜, 淫近殺. -빙몽룡憑夢龍-

도박은 도둑에 가깝고, 음란은 살인에 가깝다.

구한막여중구救寒莫如重裘, 지방막여자수止謗莫如自修.

　추위를 막는 데는 가죽 옷만 것이 없고, 비방을 막는 데는 자
기 수양만 것이 없다.

뱀의 독이 퍼지는 것을 약으로 다스리듯,

치미는 화를 삭이는 수행자는

이 세상도 저 세상도 다 버린다.

뱀이 묵은 허물을 버리듯. - 숫타나파타 -

부지런함은 영원히 사는 길이요,

게으름은 죽음의 길이다.

부지런한 이는 죽지 않지만,

게으른 이는 죽은 것이나 마찬가지다. -법구경-

하늘과 땅은 만물을 생성하고 양육하지만
자신의 소유로 삼지 않고,
스스로 이룬 바 있어도
자신의 능력을 과시하지 않으며,
온갖 것을 길러 주었으면서도
아무것도 거느리지 않는다.
이것을 일러 현묘한 덕이라 한다. - 노자의 도덕경 -

장상신선, 야요범인주將相神仙, 也要凡人做. - 유림외사儒林外史,(청나라
의 오경재가 지은 풍자소설) -

장군, 재상, 신선도 보통 사람들로부터 이룩되었다.

모든 살아있는 것들에게 폭력을 쓰지 말고,
살아 있는 그 어느 것도 괴롭히지 말 것이며,
또 자녀를 갖고자 하지도 말라. 하물며 친구이랴.
무소의 뿔처럼 혼자서 가라. - 숫타니파타 -

하늘에는 예측할 수 없는 비바람이 있고, 사람에게는 아침, 저녁으로 변하는 화복禍福이 있다.

아직 석자 흙의 무덤으로 돌아가기 전에는 누구나 앞으로 백년간의 자기 몸의 안전을 보전하기 어렵고, 석자 흙으로 돌아간 뒤에는 백년간의 무덤의 안전을 보장하기 어렵다. - 명심보감 -

이 세상에서 복 받으려고
일년 내내 희생을 바쳐
제사 지낸다 해도 그 공덕은
진정한 수행자를 돕는 것에는
4분의 1에도 미치지 못한다. - 법구경 -

학자임인, 불학자임어인學者任人, 不學者任於人. - 소순蘇洵,(북송 시대의 문인) -

배운 자는 남을 부리고, 못 배운 자는 남에게서 부림을 당한다.

한국은 그저 발전한 게 아니라 로켓처럼 치솟았다. - 한국 근대사를 지켜본 한 외국 기자의 논평 -

제2차 세계대전 이후 인류가 이룩한 성과 중 가장 놀라운 것은 바로 사우스 코아라라고 말하고 싶다. - 세계 경영학의 대부로 알려진 피터 드리커 -

연못에 핀 연꽃을 못 속에 들어가 꺾듯이, 육체의 욕망을 말끔히 끊어버린 수행자는 이 세상도 저 세상도 다 버린다. 뱀이 묵은 허물을 벗어 버리듯이. - 숫타니파타 -

늘 남을 존중하고
윗 사람을 섬기는 사람에게는
아름다움과 평안과
이 네 가지 복이 더욱더 커지리라. - 법구경 -

나무를 잘 가꾸면 뿌리가 튼튼하고 가지와
잎이 무성하여 대들보로 쓸 재목을 얻을 수 있고,
물길을 잘 다스리면 수원水源이 왕성하고
흐름이 길고 수리水利가 길어서 널리 베풀어지고,
사람을 잘 기르면 뜻과 기개가 크고 식견이 밝아서
충의로운 선비를 길러낼 수 있으니
이 어찌 기르지 않을 수 있으랴. - 명심보감 -

　* '물길을 잘 다스리면 수원水源이 왕성하고 흐름이 길어서 수리水利가 길어서 널리 베풀어지고'는 우리나라의 4대강 사업을 지지해 주는 것 같다.

국지유민, 유수지유주國之有民, 猶水之有舟,
정즉이안, 요즉이위停則以安, 擾則以危, - 오서吳書 -

나라에 백성이 있는 것은 물에 배가 있는 것과 같다. 고요하면 안정되고, 출렁이면 위태롭다.

황금유가, 신예무가黃金有價, 信譽無價.

황금은 정해진 값이 있지만 신망은 정해진 값이 없다.

넘쳐 흐르는 집착의 물줄기를
남김없이 말려버린 수행자는
이 세상도 저 세상도 다 버린다.
뱀이 묵은 허물을 버리듯이. - 숫타니파타 -

자기를 믿는 사람은 남들도 믿어주므로,
오월吳越의 원수끼리도 형제가 될 수 있고,
자기를 의심하는 사람은 자기 몸
이외의 모든 사람이 다 원수가 된다. - 명심보감 -
비록 백년을 산다 해도
어리석고 마음이 흐트러져 있으면
지혜롭고 고요한 마음으로
단 하루를 사는 것만 못하다. - 법구경 -

권출일자강, 권출이자약權出一者强, 權出二者弱. - 순자荀子 -

권력이 한 곳에서 나오면 강하고, 권력이 두 곳에서 나오면 약
하다.

공욕선기사, 필선리기기工欲善其事, 必善利其器. - 논어論語 -

목공이 일을 잘하려면 먼저 공구부터 잘 손보아야 한다.

의재필전, 연후작자意在筆前, 然後作字. - 왕희지王羲之 -

머릿속에서 구상을 한 뒤에 글을 써야 한다.

이고위경, 가지흥체以古爲鏡, 可知興替. - 당唐태종太宗 -

옛일을 거울 삼으면, 앞으로 일어날 흥망성쇠를 알 수 있다.

욕지내자, 찰왕欲知來者, 察往.

장래를 알려고 하는 사람은 과거를 살펴본다.

일엽락, 지천하추一葉落, 知天下秋.

잎 하나가 떨어지면 가을이 온 것을 안다.

성년부중래, 일일난재신盛年不重來, 一日難再晨. - 도연명陶淵明 -

평생에 청춘은 두 번 오지 아니하고, 하루에 새벽은 거듭 오지 않는다.

길인흉기길, 흉인길기흉吉人凶其吉, 凶人吉其凶.
　　　　　　　　- 양웅揚雄, 전한말의 학자 겸 문인-
운수 좋은 사람에겐 흉조도 길조로 바뀌고, 운수 사나운 사람에겐 길조도 흉조가 된다.

천하비일인지천하야天下非一人之天下也,
천하지천하야天下之天下也. - 여씨춘추呂氏春秋 -

천하는 한 사람의 천하가 아니라 천하 사람의 천하다.

비록 백년을 산다 해도
게을러 정진하지 않으면
노력하며 부지런히 사는
단 하루보다 못하다. - 법구경 -

의심스러운 사람은 처음부터 쓰지를 말고
일단 썼거든 의심을 품지 말라. - 명심보감 -

거센 물줄기가 갈대로 만든 연약한
다리를 무너뜨리듯, 교만한 마음을
남김없이 없애버린 수행자는
이 세상도 저 세상도 다 버린다.
뱀이 묵은 허물을 벗어 버리듯. - 숫타니파타 -

인지초, 성본선人之初, 性本善. - 삼자경三字經 -

사람이 태어났을 때의 본성은 누구나 착하다.

무화과나무 숲에서는 꽃을 찾아도 얻을 수 없듯이,
모든 존재를 영원한 것으로 보지 않는 수행자는
이 세상도 저 세상도 버린다.
뱀이 허물을 벗어버리듯. - 숫타나파타 -

물밑에 있는 고기는 깊은 곳에 있어도 낚시로 잡을 수 있고,

하늘 높이 날아가는 기러기는 높은 곳에 있어도
활을 쏘아 잡을 수 있건만, 오직 사람의 마음만은
지척지간咫尺之間에 있어도 그 속을 헤아릴 수 없도다.

- 명심보감 -

비록 백년을 산다 해도
삶과 죽음의 도리를 모른다면
이 도리를 알고 사는
단 하루보다 훨씬 못하니라. - 법구경 -

Justice delayed is justice denied.

제때에 행사되지 않은 정의는 거부된 정의다.

상불가우무공, 벌불가우무죄賞不加于無功, 罰不加于無罪.

- 한비자韓非子 -

상은 공 없는 자에게 주면 안 되고, 벌은 죄 없는 자에게 주면 안 된다.

안으로 성냄이 없고,
밖으로 세상의 부귀영화를 초월한 수행자는
이 세상도 저 세상도 다 버린다.
뱀이 묵은 허물을 벗어버리듯. - 숫타니파타 -

호랑이를 그리되 뼈는 그리기 어렵고,
사람을 그리되 그 마음은 알 수 없다. - 명심보감 -

비록 백년을 산다 하여도
절대 평화에 이르는 길을 모른다면
이 길을 알고 사는
단 하루만도 못하니라. - 법구경 -

고학이무우, 즉고루이과문孤學而無友, 則孤陋而寡聞. - 예기禮記 -

혼자 공부하고 친구가 없으면 외롭고 견문이 좁아진다.

얼굴을 마주 대하고 말은 서로 주고 받지만, 마음과 마음 사이
에는 천개의 산이 가로막고 있고나. -명심보감-

잡념을 남김없이 불살라 없애고
마음을 잘 다듬은 수행자는
이 세상도 저 세상도 다 버린다.
뱀이 묵은 허물을 버리듯이. - 숫타나파타-

비록 백년을 산다 해도
최상의 진리를 모른다면
이 진리를 알고 사는
단 하루보다 훨씬 못하니라. - 법구경 -

다행불의필자폐多行不義必自斃. - 명심보감明心寶鑑 -

불의를 많이 저지르는 자는 반드시 스스로 망한다.

식음무악목, 음수필청원息陰無惡木, 飮水必淸源. - 왕유王維, 이백, 두보와 함께 당나라의 3대 시인 중의 한 사람 -

그늘에서 쉴 때는 어떤 나무 밑이라도 상관 없지만, 물을 마실 때는 반드시 맑은 샘물이어야 한다.

바다가 마르면 그 바닥을 드러내지만,
사람은 죽어도 그 마음을 알 길이 없다. - 명심보감 -

너무 빨리 달리거나 느리지도 않고,
잡념을 모두 끊어버린 수행자는
이 세상도 저 세상도 다 버린다.

뱀이 묵은 허물을 벗어버리듯. - 숫다니파타 -

착한 일은 서둘러 행하고
악한 일에선 마음을 멀리하라.
착한 일을 하는 데 미적댄다면
그의 마음은 이미
악을 즐기고 있느니라. - 법구경 -

학지광재어불권學之廣在於不倦 불권재어고지不倦在於固志. - 갈홍葛洪의
포박자抱朴子 -

배움의 범위를 넓히려면 게으르지 말아야 하고, 게으르지 않으
려면 뜻이 굳어야 한다.

언행자, 입신지기言行者, 立身之基. - 자치통감資治通鑑 -

277

언행이야말로 입신출세의 바탕이다.

등고이망원, 요장이영심登高以望遠, 搖槳以泳深. - 소식蘇軾 -

높이 올라가야 멀리 볼 수 있고, 노를 멀리 저어야 깊은 물을 건널 수 있다.

양배물종, 예졸물공, 이병물식.佯北勿從, 銳卒勿攻, 餌兵勿食. - 손자孫子 -

거짓 패배한 군대는 쫓지 말고, 사기 오른 군대는 공격하지 말 것이며, 미끼로 던진 군대는 덮치지 말아야 한다.

범인지담, 상예성, 훼패凡人之談, 常譽成, 毁敗,
부고, 억하扶高, 抑下.

범인들의 말은 언제나 성공한 자는 칭찬하고, 실패한 자는 헐 뜯으며, 높은 자는 추켜주고, 낮은 자는 억누른다.

인유희경, 불가생투기심人有喜慶, 不可生妒忌心,
인유화환, 불가생희행심人有禍患, 不可生喜幸心. - 치가격언治家格言 -

남에게 경사가 있을 때는 투기심을 일으키지 말 것이며, 남에게 환란이 있을 때는 깨소곰 맛이라는 생각을 일으키지 말아야 한다.

병종구입, 화종구출病從口入, 禍從口出.

병은 입으로 들어오고, 화는 입으로 나간다.

다언다패, 다언삭궁多言多敗, 多言數窮.

말이 많으면 실언이 많고, 입을 자주 놀리면 말이 자주 막힌다.

선욕인견, 부시진선善欲人見, 不是眞善,
악공인지, 편시대악惡恐人知, 便是大惡. - 치가격언治家格言 -

선한 일을 하고 남이 보아 주기를 원한다면 진정한 선행이 아니고, 악한 짓을 하고 남이 알까 두려워한다면 그거야 말로 큰 악이다.

위문유삼다, 간다爲文有三多, 看多,
주다, 상량다做多, 商量多. - 구양수歐陽脩 -

글을 잘 지으려면 세 가지 일을 많이 해야 한다. 즉 많이 읽고, 많이 쓰고, 많이 생각해야 한다.

방하도도, 입지성불放下屠刀, 立地成佛. - 주자어류朱子語類 -

살생의 칼을 내려놓는 바로 그 자리에서 부처가 태어난다.

언기시즉유공, 언기비즉유죄言其是則有功, 言其非則有罪.

- 서유기西遊記 -

옳은 것을 옳다고 말하면 공을 세우지만, 그른 것을 그르다고 말하면 죄가 된다.

*가령 독재자가 옳은 일을 한 것을 옳다고 말하면 공을 세울 수 있지만, 독재자가 그른 짓을 한 것을 보고 그르다고 말하면 괘씸죄를 덮어쓸 수 있다는 말이다.

악을 보고 침묵하는 것은 그 자체가 악이다. - 본 훼퍼 -

*히틀러를 암살하려다가 체포되어 감옥에서 죽어간 독일 신학자 본 훼퍼가 마지막으로 한 말.

인유선원, 천필종지人有善願, 天必從之. - 서유기西遊記 -

사람에게 착한 서원이 있으면 하늘은 반드시 그것을 도와준다.

누가 만일 악한 일을 저질렀다면
두 번 다시 되풀이하지 말라.
악한 일을 쌓는 것은
바로 괴로움 그것이니라. - 법구경 -

사람의 일이란 앞날을 예측할 수 없고
바닷물은 그 양을 헤아릴 수 없다. - 명심보감 -

군자불폐인지미, 불언인지악君子不蔽人之美, 不言人之惡.

- 한비자韓非子 -

군자는 남이 잘한 일을 숨기지 않고, 남의 악행을 말하지 않는
다.

누가 만일 착한 일을 했다면
늘 그 일을 되풀이하라.

그 일을 즐겨라.
선공(善功)을 쌓는 것은
바로 즐거움 그것이니라. - 법구경 -

남과 원한 맺는 것을 가리켜 '화禍의 씨앗을 심는다' 하고
착한 일 하지 않는 것을 일컬어 '자기 자신을 해친다'고 한다.
                                    - 명심보감 -

너무 빨리 달리거나 느리지도 않고,
이 세상 모든 것이 다 덧없다는 것을
알아 육체의 욕망에서 떠난 수행자는
이 세상도 저 세상도 다 버린다.
뱀이 묵은 허물을 벗어버리듯. - 숫타니파타 -

기관산진태총명機關算盡太聰明, 반산료경경생명反算了卿卿生命.

                                    - 홍루몽紅樓夢 -

총명이 지나쳐 잔꾀를 부리다 보면, 제 꾀에 제가 넘어가 목숨을 잃어버릴 수 있다.

출허명이구실효黜虛名而求實效. - 소식蘇軾 -

허명을 버리고 실효를 구하라.

분쟁이 생겼을 때 한 쪽 말만 듣는다면
자칫 친한 사이가 멀어지리라. - 명심보감 -

(선도체험기 108권에 계속됨. 108권은 이 책이 나간 지 3, 4개월 후에 발행될 예정임.)

저자 약력

경기도 개풍 출생
1963년 포병 중위로 예편
1966년 경희대학교 영어영문학과 졸업
　　　코리아 헤럴드 및 코리아 타임즈 기자생활 23년
1974년 단편 『산놀이』로 《한국문학》 제1회 신인상 당선
1982년 장편 『훈풍』으로 삼성문예상 당선
1985년 장편 『중립지대』로 MBC 6.25문학상 수상

저서로는 단편집 『살려놓고 봐야죠』(1978년), 대일출판사, 민족미래소설 『다물』(1985년), 정신세계사, 장편 『소설 환단고기』(1987년), 도서출판 유림, 『인민군』 3부작(1989년), 도서출판 유림, 『소설 단군』 5권(1996년), 도서출판 유림, 소설선집 『산놀이』 ① (2004년), 『가면 벗기기』 ②(2006년), 『하계수련』 ③(2006년), 지상사, 『선도체험기』 시리즈 등이 있다.

선도체험기 107권

2014년　2월 20일 초판 인쇄
2014년　2월 25일 초판 발행

지은이　김 태 영
펴낸이　한 신 규
펴낸곳　글앤북
주　소　138-210 서울특별시 송파구 문정동 99-10 장지B/D 303호
전　화　Tel. 070-7613-9110　Fax. 02-443-0212
등　록　2013년 4월 12일(제25100-2013-000041호)
E-mail　geul2013@naver.com

ⓒ김태영, 2014
ⓒ글앤북, 2014, Printed in Korea

ISBN　　979-11-950284-7-4　03810　정가 15,000원